Dodgers
Cracker Jack
BALL PLAYERS
MILWAUKEE BRAVES
KLYN DODGERS
SF
Willie Mays
GIANTS
P
JACKI
Los Angeles
KOUFAX
L. A. DODGERS
WHITE SOX
PITCHER
HOYT WILHELM
WILLIE MAYS

Pour toi, jeune fou.
Merci à Louis et Léonie pour les oiseaux.
Grand Merci à Charlotte, Ju, Inés, Serge,
Nico, Antonin pour leur soutien.
Big Up à l'Atelier Mille !

N. P.

Maquette : Raphaël Hadid

OKAY FOR NOW

Published by special arrangement with Clarion Books a HarperCollins Publishers
LLC imprint

ISBN : 978-2-81020-310-9

www.facebook.com/ruedesevresBD
www.editions-ruedesevres.fr

Dépôt légal : janvier 2024
Imprimé en France par Estimprim
Loi n°49-956 du 16 juillet 1949 sur les publications destinées à la jeunesse.

NICOLAS
PITZ

Jusqu'ici tout va bien

D'APRÈS LE ROMAN DE
GARY D. SCHMIDT

Scénario, dessin, couleurs : Nicolas Pitz.

RUE DE SÈVRES

PREMIÈRE BASE

C'EST AU TOUR DE JOE PEPITONE DE FRAPPER.
RAPPELONS-NOUS QUE JOE N'A PLUS GAGNÉ DE WORLD SERIES DEPUIS 1962.
YANKEE STADIUM
OFFICIEL TIME 1:56 LONGINES
LE CÉLÈBRE NUMÉRO 25 DE BROOKLYN VA-T-IL NOUS ENVOYER CETTE BALLE DANS LES CIEUX ?

365
BIM

JE M'APPELLE DOUGLAS SWIETECK, DOUG POUR LES COPAINS OU ENCORE DOGGY POUR MES DEUX IDIOTS DE FRÈRES.
C'EST LA PREMIÈRE FOIS QUE JE VOIS LES YANKEES ALORS QU'ON HABITE À UN JET DE PIERRE DU STADE.
POURTANT DIEU SAIT QUE JE SUIS LEUR PLUS GRAND FAN.
PEPITONE
PEPITONE
PEPITONE
PEPITONE
PEPITONE
PEPITONE!
C'EST À CAUSE DU BILLET VERT. DANS MA FAMILLE, ON EN A PAS TROP.
POUR QU'ON VIENNE VOIR LES YANKEES, IL DOIT SE PASSER QUELQUE CHOSE DE GRAVE.

JOE !
JOE !
JOE !
JOE !
JOE !
JOE !
JOE !
QUOI QU'IL EN SOIT, J'EN PROFITE À FOND. C'EST PAS TOUS LES JOURS QU'ON PEUT VOIR UNE STAR D'AUSSI PRÈS.
EPITONE 25
ET TOI, KID, TU VEUX UN AUTOGRAPHE ?
JE... JE... N'AI PAS DE BALLE.
PAS GRAVE, KID.
NY
Y A DU SOLEIL AUJOURD'HUI.
C'EST LE PLUS BEAU JOUR DE MA VIE.
CIAO, KID !

JUSQU'ICI
TOUT VA BIEN.

UN SOIR, MON FRANGIN EST ARRIVÉ PENDANT QUE JE DORMAIS, IL M'A TORDU LE BRAS DANS LE DOS TELLEMENT FORT QUE JE NE POUVAIS MÊME PAS CRIER.
J'AI EU LE CHOIX ENTRE AVOIR UN BRAS CASSÉ OU LUI DONNER LA CASQUETTE.
IL L'A ÉCHANGÉE AVEC LINK VITELLI CONTRE DES CIGARETTES.
PUIS LINK L'A ÉCHANGÉE CONTRE UN PEIGNE... UN PEIGNE !
JE SUPPOSE QU'ELLE A FINI DANS UN CANIVEAU. TOUTE TREMPÉE DE PLUIE OU DE PISSE.
LES GENS QUI LA REGARDENT DOIVENT SE DIRE : C'EST QUOI CE TRUC POURRI ?
ILS ONT RAISON. C'EST TOUT CE QUE C'EST, MAINTENANT.
DOUGLAS, TU NE MANGES PAS ?
MAIS C'ÉTAIT POURTANT LA SEULE CHOSE QUE J'AIE JAMAIS EUE QUI N'AIT PAS APPARTENU À UN AUTRE SWIETECK AVANT MOI.

IL GAMBERGE SUR SA CASQUETTE POURRIE.
JOE PEPITONE ME L'A...
JE TRAVAILLE 45 HEURES POUR TE NOURRIR ET TOI TU NE PENSES QU'À UNE CASQUETTE POURRIE.
DE TOUTE FAÇON ON NE PEUT PAS RESTER ICI.
FAUT QU'ON DÉMÉNAGE.
Y A DU BOULOT POUR MOI DANS UNE USINE DE PAPIER.
... DANS UN BLED QUI S'APPELLE MARYSVILLE.

VOUS SAVEZ CE QUE
ÇA FAIT DE QUITTER LA PLUS
GRANDE VILLE DU MONDE ?
BARBER SHOP
RENT
PHOTO
SALON
BEAUTY SALON
HAIR Stylists
KITCHEN

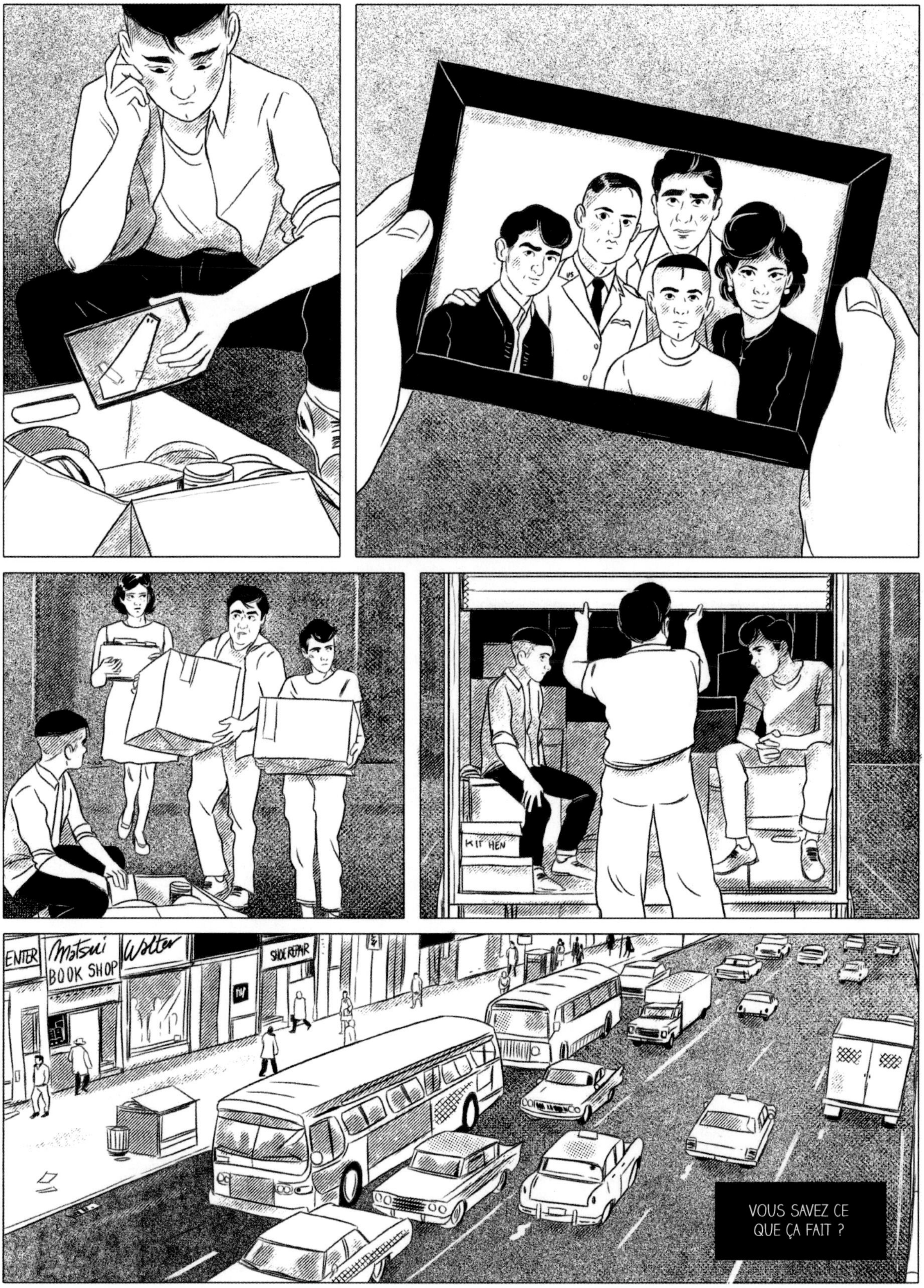
KIT HEN
ENTER
Matsui
BOOK SHOP
Walter
SHOE REPAIR
VOUS SAVEZ CE
QUE ÇA FAIT ?

... ET TOUT DE SUITE, EN SOUTIEN À NOS TROUPES AU VIETNAM, CAR LÀ-BAS IL EST L'HEURE D'ALLER DORMIR :
"MR SANDMAN" DES CHORDETTES.
MR SANDMAN, BRING ME A DREAM BUNG, BUNG, BUNG, BUNG.
MAKE HIM THE CUTEST THAT I'VE EVER SEEN, BUNG, BUNG, BUNG, BUNG.
WHOA! THE FAMOUS Bread
THE HOME BREAD
ROOM
WELCOME TO Marysville
ÇA ME DONNE ENVIE DE CREVER.

TOC TOC
ALLEZ ! DEBOUT LÀ-DEDANS ! IL EST L'HEURE DE SE RÉVEILLER BUNG, BUNG, BUNG !
VOICI LES STATS CONCERNANT CETTE STUPIDE MARYSVILLE :

ERNIE, C'EST PAS LE SALAIRE QUE TU M'AVAIS PROMIS...
HUIT BOUTIQUES DÉGLINGUÉES ET UN BAR EN FACE DUQUEL ON HABITE. QUATRE PÂTÉS DE MAISONS AVEC GAZON ET VÉLOS SANS ATTACHES.
ÉCOUTE... C'EST PAS MOI QUI PAYE, HEIN.
DIX-HUIT MAISONS AVEC DES DRAPEAUX À L'EXTÉRIEUR. CINQUANTE ARROSEURS AUTOMATIQUES.
C'EST JOLIMENT AMÉNAGÉ, CHEZ VOUS.
DE TOUTE FAÇON TU T'ATTENDAIS À QUOI ? JE FAIS ÇA JUSTE PARCE QUE JE T'EN DOIS UNE.
MARIETTE, ON A FAIM LÀ.
DEUX CHIENS ENDORMIS SOUS LEUR PORCHE.
MR BALLARD-LES-GROS-SOUS N'ÉCOUTE RIEN. MAIS TU PEUX ESSAYER DE NÉGOCIER TON SALAIRE.
C'EST LE GENRE DE GARS QUI SE CROIT SUPÉRIEUR, TU VOIS LE GENRE ?
L'UN A ABOYÉ, L'AUTRE AVAIT L'AIR D'AVOIR TROP CHAUD POUR SONGER À ME COURIR APRÈS.
DEMAIN, IL VA VOIR DE QUEL BOIS JE ME CHAUFFE.

JE DÉTESTE CETTE VILLE...
UN NOUVEAU.
JE SUPPOSE QUE TU VIENS D'EMMÉNAGER ?
ET ?
HUM... RIEN, PAS DE BOL.
JE VAIS À LA BIBLIOTHÈQUE.
ET ?
TU SAIS, LE LIEU QUI ABRITE DES LIVRES.
LIBRARY
ET !
TU SAIS DIRE AUTRE CHOSE QUE « ET » ?

LIBRARY
EH ! ATTENDS !
IL Y A QUELQU'UN ?

ON POURRAIT CROIRE QUE VOUS ME SUIVEZ, MONSIEUR « ET ».
Arctic Tern
STERNA ARCTICA

MAIS JAMAIS !
HUM, OUAIS… C'EST ÇA …
C'EST QUOI TON VRAI NOM ?
DOGG…
DOUGLAS. ET TOI ?
LILLY, LIL POUR LES COPAINS OU ENCORE TRILILLY POUR MES IDIOTS DE FRÈRES. POUR LE MOMENT, POUR TOI, ÇA SERA LILLY. OK ?

HEY, DOGGY ! T'AS PAS UNE CLOPE ?
SÛR ! ELLES SONT DANS LA VESTE DE PAPA. SERS-TOI.
T'ES TROP CON.

DES ŒUFS ?
HUM... OH YES !
DAD EST PARTI ?
MMH MMH. AVEC TON FRANGIN.
TU CROIS QUE TU VAS TE PLAIRE ICI ?
J'IMAGINE... ICI COMME AILLEURS. ET TOI ?
ICI COMME AILLEURS.
ÇA CHAUFFE DÉJÀ PAS MAL DEHORS.

C'EST SÛR... ON POURRAIT DÉJÀ CUIRE DES ŒUFS PAR TERRE.
HAHAHA !
DOUGGY, NE T'AVISE PAS DE...

MA...
DOUGLAS, ON N'A PLUS DE LAIT. VA EN CHERCHER CHEZ L'ÉPICIER.
ON AVAIT ENCORE DU LAIT. JE NE SUIS PAS IDIOT.

LIBRARY
LIBRARY
YANKEES
EH, DOUG, ÇA TE DIRAIT DE FRAPPER DES BALLES QUELQUE PART ?
IL FAIT TROP CHAUD.

TU RETOURNES À LA BIBLIO ?
QU'EST-CE QUE TU FAIS ICI ?
J'ATTENDS QUE ÇA OUVRE.
JE PEUX TE FAIRE CONFIANCE ?
MMH MMH.
ALORS SURVEILLE ÇA POUR MOI.
SPICER'S DELI
SPICER'S DELI
BIEN. T'AS PAS VOLÉ MON VÉLO.
MON PÈRE EST LE PROPRIO DU SPICER'S DELI.

DONC, T'ES ENTRÉE, TU LUI AS DIT DE TE DONNER DEUX COCA ET IL TE LES A DONNÉS ?
NON, JE LUI AI DEMANDÉ UN COCA POUR MOI ET UN COCA POUR LE VOYOU ASSIS SUR LES MARCHES DE LA BIBLIOTHÈQUE.
VOYOU ?
LA BIBLIOTHÈQUE N'OUVRE QUE LE SAMEDI. ET VU QU'ON EST LUNDI, TU VAS RESTER ICI UN MOMENT.
J'AI DONC EU PITIÉ DE TOI.
COMMENT TU SAIS QUE ÇA N'OUVRE QUE LE SAMEDI ?
LA PLUPART DES GENS LISENT LE PANNEAU SUR LA PORTE.
J'AI PAS VU LE PANNEAU...
C'EST PAS COMME ÇA QU'ON BOIT UN COCA SUPER FROID !
PARDON ?
JE TE MONTRE.

BURP
À TON TOUR !
BURP
HAHAHA !

TU VAS ATTENDRE QUE LA BIBLIOTHÈQUE OUVRE ?
FOUS-TOI DE MOI...
OK ALORS QUE DIRAIS-TU D'UN BOULOT ?
UN BOULOT ?
OUI, UN BOULOT IDÉAL POUR UN VOYOU MAIGRICHON.
ÇA CONSISTERAIT À FAIRE DES LIVRAISONS LE SAMEDI POUR MON PÈRE.
POURQUOI MOI ?
IL CHERCHE QUELQU'UN DE PAS TROP FUTÉ.
CINQ DOLLARS PAR SAMEDI, ÇA T'IRAIT ?
OH YES !
TU VOIS, T'ES PAS FUTÉ, T'AS MÊME PAS ESSAYÉ DE NÉGOCIER.

DEUXIÈME BASE

Arctic Tern
STERNA ARCTICA
N'EST-CE PAS UNE MERVEILLE ? ON PEUT LE SENTIR PLONGER DANS LES AIRS.
Blatz
JE SUIS VENU TOURNER LA PAGE. JE FAIS ÇA UNE FOIS PAR SEMAINE. MAIS JE PEUX ATTENDRE, SI VOUS VOULEZ.
QUI A DESSINÉ ÇA ?
Blatz

JEAN-JACQUES AUDUBON. IL Y A PRESQUE CENT CINQUANTE ANS.
VOUS VOULEZ ESSAYER DE LE DESSINER, JEUNE HOMME ?
JE NE DESSINE PAS.
VOUS N'AVEZ JAMAIS ESSAYÉ ?
JE NE DESSINE PAS.
AH ! PARFAIT... JE VAIS QUAND MÊME LAISSER LE LIVRE OUVERT À CETTE PAGE.
ON A DES FEUILLES ET DES CRAYONS, SI VOUS LE DÉSIREZ.
DESSINER, C'EST POUR LES CRÉTINS ET LES FILLES. JE NE DESSINE PAS.
SI VOUS LE DITES.

REMETS-NOUS-EN DEUX FRAÎCHES.
IL FAIT TROP CHAUD DANS CE RADE.
GENERAL MERCHANDISE
CAFE
C'EST COMME ÇA QU'ON BOIT, GAMIN.
PAPA... POURQUOI T'ES COMME ÇA ?
QU'EST-CE QUE T'AS DIT ?
JE VOULAIS SAVOIR CE QU'ON EST VENU FAIRE LÀ.
HUM... RIEN. ON PROFITE DE LA VIE. QU'EST-CE QUE TU VEUX FAIRE ?

IMAGINE DEUX SECONDES TON FRÈRE, LÀ, QU'EST-CE QU'IL EST EN TRAIN DE FAIRE EN CE MOMENT ?
J'EN SAIS RIEN...
IL PROTÈGE NOTRE PAYS DE CETTE RACAILLE COMMUNISTE, VOILÀ CE QU'IL FAIT...
ET TOI, TU FAIS QUOI POUR NOTRE PAYS ? ESPÈCE D'IMBÉCILE.
J'AI SEIZE ANS, PAPA...
OUAIS, C'EST ÇA...
J'AI COMMENCÉ À TRAVAILLER À 9 ANS, MOI...
IL FAUT QUE TU GRANDISSES PLUS VITE... VOILÀ CE QUE TU FAIS ICI.
ON A RIEN SANS RIEN.
Light Lage
Piels
BEER
BROOKLYN N.Y
AFFRONTER LA VIE PAR LE TRAVAIL. C'EST COMME ÇA QUE MON PÈRE NOUS A ÉDUQUÉS.
ET J'AI TOUJOURS ÉTÉ MEILLEUR QUE MON PÈRE.

Milk
Beer
BUTTER
K
CRACKERS
57
Sunshine Krispy Crackers
Joës
PRETZEL STICKS
TOMATO
TRISCUIT
Shreddies
RICE RISPIES
CANDY
WHITE KING SOAP
1664
AH ! VOILÀ DONC LE FAMEUX VOYOU.
JE T'AI FAIT UNE LISTE AVEC LE CHEMIN À SUIVRE POUR LA LIVRAISON. TU VERRAS, À VÉLO C'EST PAS TRÈS COMPLIQUÉ.
J'AI PAS DE VÉLO, M'SIEUR.
T'AS QU'À EN EMPRUNTER UN DERRIÈRE. PRENDS LE BLEU, C'ÉTAIT MON PRÉFÉRÉ QUAND J'ÉTAIS MÔME.
TU SAIS FAIRE DU VÉLO AU MOINS ?
35¢

YEA! YEA! YEA!
BEATLE BAR
4 Delicious ice cream bars covered with chocolate crunch
15¢
Deluxe
ICE CREAM BARS
BIEN SÛR, M'SIEUR.
TOUTES LES MAISONS DE CETTE PREMIÈRE TOURNÉE SONT À QUELQUES BLOCS DU MAGASIN. ÇA NE DEVRAIT PAS TE PRENDRE TROP DE TEMPS SI TU PÉDALES VITE.
TU FERAIS BIEN DE FILER AVANT QUE LA GLACE NE FONDE.
VOILÀ LE VOYOU !
LILLY, TE REVOILÀ ! VA MONTRER À DOUG OÙ SONT LES VIEUX VÉLOS.
T'AS PAS DE VÉLO, VRAIMENT ?
BEN QUOI ?
RIEN.
TA PREMIÈRE MAISON EST SUR SEYMOUR STREET.
TU VOIS LAQUELLE C'EST ?
HUM...
ROCK' AND' ROLL !

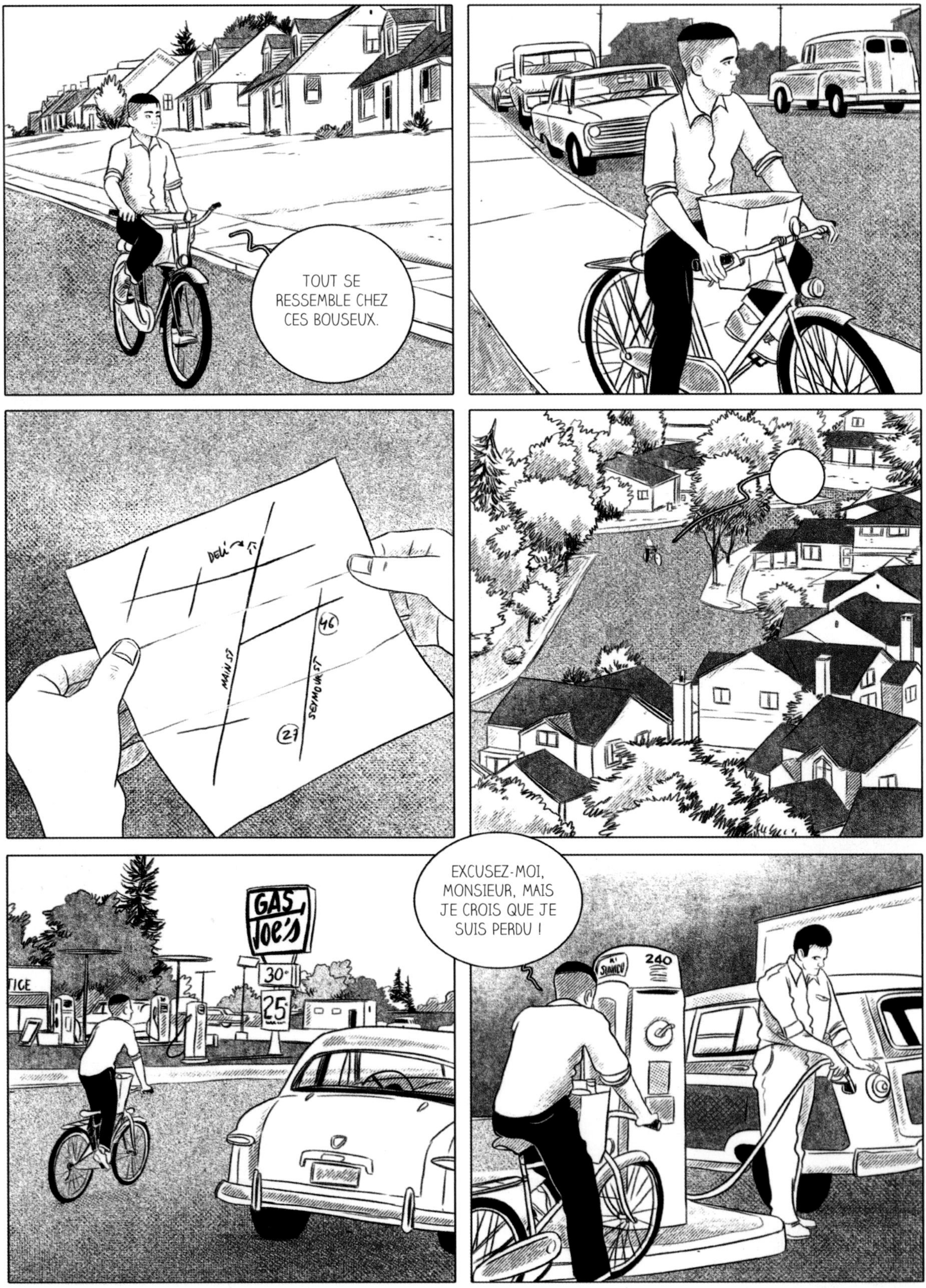
TOUT SE RESSEMBLE CHEZ CES BOUSEUX.
DELI
MAIN ST
SEYMOUR ST
46
27
GAS
JOE'S
30
25
EXCUSEZ-MOI, MONSIEUR, MAIS JE CROIS QUE JE SUIS PERDU !

VINGT-CINQ MINUTES POUR CETTE PREMIÈRE LIVRAISON, C'EST UN RECORD DU MONDE !
JE SUIS DÉSOLÉ, M'SIEUR, JE ME SUIS PERDU.
JE M'EN DOUTAIS, PRENDS LA REMORQUE POUR LES PROCHAINES, T'IRAS PLUS VITE.
LAISSE-MOI VÉRIFIER QU'IL N'A PAS OUBLIÉ MES CIGARETTES.
TU DIRAS AU PATRON QUE DIEU LE BÉNISSE.

LA DERNIÈRE LIVRAISON EST UN PEU SPÉCIALE...
LÀ AUSSI, IL Y A DE LA GLACE AU CITRON. ELLE VAUT CHER, ALORS FAIS VITE !
C'EST POUR MADAME WINDERMERE.
TU PEUX MÊME TE PASSER DE PLAN, CETTE FOIS-CI. TU VAS TOUT DROIT SUR MAIN STREET ET TU PRENDS LE CHEMIN QUI VA VERS LE BOIS.
C'EST LA MAISON AU FOND DES BOIS, TU PEUX PAS TE TROMPER.
ELLE EST CENSÉE TE RÉGLER. PAIEMENT COMPTANT À LA LIVRAISON.
PARFOIS ELLE ESSAIE DE PAYER À CRÉDIT, MAIS ENSUITE ELLE OUBLIE ET JE DOIS ALLER LA VOIR ET C'EST PÉNIBLE CAR ELLE DIT QU'ELLE A DÉJÀ PAYÉ.
DONC ASSURE-TOI DE REVENIR AVEC VINGT-DEUX DOLLARS ET SOIXANTE-DIX-HUIT CENTS.
J'AI DIT COMBIEN ?
VINGT-DEUX DOLLARS ET SOIXANTE-DIX-HUIT CENTS.

SÉRIEUSEMENT ?

ALLÔ !
TU VEUX QUOI ? T'ES QUI ?
JE SUIS LE LIVREUR.
J'AI PAS LE TEMPS, LAISSE LA CAISSE PAR TERRE ET FILE !

ÇA FAIT VINGT-DEUX DOLLARS ET SOIXANTE-DIX-HUIT CENTS !
TU AS UNE IDÉE DE CE QU'EST LA CRÉATIVITÉ ?
VINGT-DEUX DOLLARS ET SOIXANTE-DIX-HUIT CENTS ?
LA CRÉATIVITÉ EST UN DIEU QUI VIENT UNIQUEMENT QUAND ÇA LUI CHANTE, ET ÇA N'ARRIVE PAS TRÈS SOUVENT.
MAIS QUAND IL VIENT, IL S'ASSIED À CÔTÉ DE MON BUREAU, IL REPLIE SES AILES ET JE LUI OFFRE CE QU'IL DÉSIRE.
C'EST-À-DIRE MON ÂME ET MES MAINS. ET EN CE MOMENT, JEUNE LIVREUR, IL EST LÀ, ASSIS À CÔTÉ DE MA MACHINE ET IL M'ATTEND...
... POUR FINIR CETTE SATANÉE PIÈCE POUR UN THÉÂTRE DE NEW YORK... MAIS DEMAIN, QUI SAIT ? ALORS SI TU VEUX BIEN PARTIR...
ET IL AIME LA GLACE, VOTRE DIEU ?
J'AI COMMANDÉ QUEL PARFUM ?

DU CITRON.
HUM... CITRON. C'EST BON. ENTRE.
IL Y A DE L'ARGENT DANS LE BOCAL AU-DESSUS DU FRIGO. PRENDS VINGT-CINQ DOLLARS.
METS LA GLACE AU CONGÉLO ET LE RESTE DANS CE PLACARD. ET LAISSE-MOI ADULER MON DIEU, OK ?
OUI MAIS JE N'AI PAS DE MONNAIE...
POURBOIRE, GAMIN.

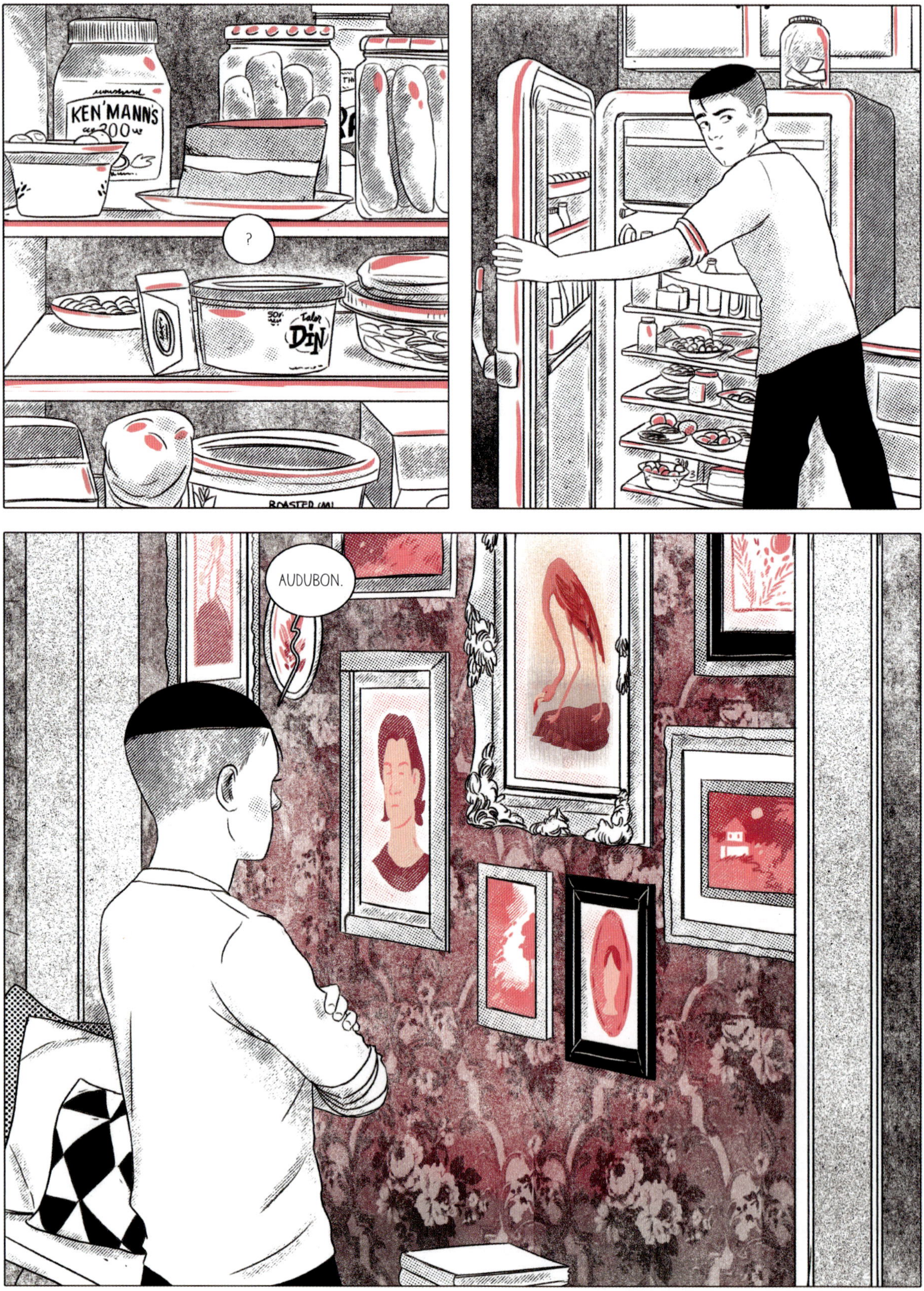
KEN'MANN'S
?
AUDUBON.

American Flamingo
PHOSNICOPTERUS RUHBR
Old Male

TIENS, PRENDS TES DEUX DOLLARS ET VINGT-DEUX CENTS DE POURBOIRE.
JE DONNE LA PAIE UN SAMEDI SUR DEUX.
ET UN COCA BIEN FRAIS. TU L'AS BIEN MÉRITÉ.
BIEN JOUÉ, T'AS PAS MERDÉ.
BURP.
ESPÈCE DE VOYOU MAIGRICHON.
BURP !
HAHAHA !

DESSINER, C'EST
POUR LES CRÉTINS
ET LES FILLES.

T'AS GAGNÉ COMBIEN ?
DES POURBOIRES.
DES POURBOIRES ?
IL TE PAYE EN POURBOIRES ? QUELLE ARNAQUE !
NON...
JE SERAI PAYÉ UN SAMEDI SUR DEUX.
T'ES VRAIMENT UN ABRUTI !
TU LE VERRAS JAMAIS TON ARGENT.
MAIS VIENS PAS PLEURNICHER CHEZ MAMAN SI TU REÇOIS PAS TA PAYE.
IL EST AUSSI CRÉTIN QU'UNE BÉQUILLE EN CAOUTCHOUC !

LIL.
DOUG.
JE VIENS DE LA PART DE MON PÈRE.
IL EST UN PEU BIZARRE DÈS QU'IL S'AGIT DE PLANTES...
IL T'A VU JARDINER ET IL A DÉTERRÉ CES FLEURS DE NOTRE JARDIN.
IL M'A DEMANDÉ DE TE LES APPORTER.
OUAIS... JE SAIS, C'EST BIZARRE.
OUAIS... UN PEU...
JE PEUX LES PLANTER AVEC TOI SI TU VEUX.
T'ES SÛRE QUE C'EST TON PÈRE QUI M'OFFRE DES FLEURS ?

ON NOUS OBSERVE.
SURTOUT, TU NE DIS RIEN.
C'EST JOLI ÇA.
ON DIRAIT QU'ELLES ONT BESOIN D'EAU.
ON LES A DÉJÀ ARROSÉES.
LILLY !
PAS SUFFISAMMENT.
C'EST MIEUX COMME ÇA. HEIN, DOUGGO ?

JE DÉTESTE CETTE VILLE.
DOROTHE'S
CIGARETT
VOTE Humphrey
SPEED LIMIT 35
BONJOUR, MISS FRIEDMANN !
HELLO, DOUGLAS.
LE PÈRE DE LIL EST RÉGLO. C'EST CE QUI LA SAUVE DU CHAOS.
ET LILLY, BIEN SÛR. ON SERA DANS LE MÊME LYCÉE EN SEPTEMBRE. PAS COMPLIQUÉ, Y EN A QU'UN.
MISS BISCHOFF, C'EST DOUGLAS.
CHHUTTT. C'EST LE LEWIS SHOW ! POSE DONC LES COURSES À LA CUISINE.

J'ESPÈRE QUE MON ABRUTI DE FRÈRE VA TROUVER DU TRAVAIL.
VOILÀ, MISS BARCKLEY, TOUT EST DANS LE FRIGO.
MERCI, DOUG, TIENS, UN PETIT POURBOIRE.
MARY'S ERG
WORKING
OH MERCI, MISS BERCKLEY !
ÇA M'ÉVITERA DE DEVOIR BAISSER LA TÊTE TOUTE L'ANNÉE.
REPRENDS UN BISCUIT, T'ES TOUT MAIGRE.
JE VAIS Y ALLER, MADAME JOHNS. MERCI POUR LE VERRE DE LAIT.
C'EST UN ABRUTI MAIS IL EST FORT... TROP FORT POUR MOI. JE LE SAIS.
DIX DOLLARS ! JE SUIS RICHE !

RIEN NE M'APPARTIENT. J'AI BIEN RETENU LA LEÇON.
Diner
CHOCOLAT, FRAISE OU CITRON ?
CHOCOLAT.
J'AI PAS FINI MA CROISSANCE, C'EST CE QUE DIT MON PÈRE.
C'EST COMBIEN LES CHEWING-GUMS AVEC LES CARTES DE BASEBALL ?
TU SAIS PAS LIRE, GAMIN ?
J'ATTENDS QUE MES BICEPS DOUBLENT DE VOLUME.
JE REFORMULE : C'EST COMBIEN SI JE PRENDS TOUTE LA BOÎTE ?
3-D BASEBALL PICTURE CARDS
DODGERS
BUBULE GUM
5¢
3-D BASEBALL
REAL 3D WITHOUT GLASSES
PICTURE CARDS
BUBBLE GUM
5¢
LÀ, ILS VERRONT QUI EST LE VRAI DOUGLAS SWIETECK.

TROISIÈME BASE

VOS TRAITS DE CONTOUR SONT PRESQUE PARFAITS.
JE NE CONNAIS PAS VOTRE NOM, MONSIEUR.
AVEZ-VOUS DÉJÀ ESSAYÉ LA PEINTURE ?
MR POWELL, JEUNE ARTISTE.
VOUS VOYEZ COMMENT AUDUBON A COMMENCÉ CETTE AILE, UN PEU PLUS BAS ? POURQUOI À VOTRE AVIS ?
SI SES AILES ÉTAIENT À LA MÊME HAUTEUR, IL AURAIT L'AIR D'UN ANIMAL EMPAILLÉ, MONSIEUR.
VOUS FAITES RÉFÉRENCE À LA COMPOSITION. C'EST EXACT.
VOUS ÊTES DOUÉ, MONSIEUR DOUGLAS.
VOUS DEVRIEZ VOUS ENTRAÎNER CHEZ VOUS.
EMPORTEZ DONC CES FEUILLES ET CES CRAYONS ET REVENEZ SAMEDI PROCHAIN AVEC DES DESSINS.

IRVING
WILD
IMPALA
MES CHERS ÉLÈVES, JE VOUS SOUHAITE, UNE ANNÉE SUPERBE, RICHE EN ÉPANOUISSEMENT ET EN OPPORTUNITÉS AU SEIN DU COLLÈGE WASHINGTON IRVING.
MON NOM EST MR PEATIE.
MON ÉCOLE EST LÀ POUR VOUS FAIRE ENTRER DANS LE RANG.
VOUS ÊTES CENSÉS RIRE... C'EST UNE BOUTADE.

NOTRE DEVISE POUR CETTE ANNÉE SERA :
WASHINGTON IRVING ! CAPTEZ L'ESPRIT.
ON SE CASSE DISCRÈTEMENT ?
DOUGLAS, ON DOIT RESTER JUSQU'AU BOUT !
CHAQUE ÉLÈVE EST PRIÉ DE SE RENDRE DANS SA FUTURE CLASSE OÙ IL RECEVRA UN CADEAU DE BIENVENUE !
QUANT À VOUS, MESDAMES, JE VOUS GARDE POUR UNE SÉANCE D'INFORMATION SUR LES ENJEUX SCOLAIRES DES PLUS PALPITANTES.
JE T'AVAIS PRÉVENUE... ON AURAIT DÛ PARTIR.
T'AS PEUT-ÊTRE RAISON... ON SE RETROUVE APRÈS, DOUGLAS.

HUM... IL Y A DES TÊTES QUE JE NE CONNAIS PAS, ICI.
ON LIT LES RÈGLES ET VOUS AUREZ ENSUITE DROIT À UN GÂTEAU.
OUVREZ PAGE 8.
ILS PENSENT QUOI ?
VOUS, AVEC LA COUPE À LA ELVIS, VOTRE NOM ?
MOI, M'SIEUR... C'EST LESTER SHANNON.
DEVENIR AMIS ? À QUOI BON. ON NE VA PAS RESTER LONGTEMPS.
AH ! VOUS ÊTES LE FRÈRE DE JOHN... DEBOUT, LISEZ DONC LA PREMIÈRE RÈGLE.
LA CLASSE COMMENCE AVEC L'APPEL À HUIT HEURES.
BIEN, LESTER.
VOUS, AVEC LA COUPE AU BOL ! COMMENT VOUS APPELEZ-VOUS ?

DOUG SWIETECK, MONSIEUR.
DOUGLAS, VEUILLEZ LIRE LA RÈGLE SUIVANTE.
CE LYCÉE PUE. VIVEMENT QUE MON PÈRE TROUVE UN TRAVAIL AILLEURS...
J'AI UNE QUESTION, MONSIEUR.
ALLEZ-Y
ADMETTONS QUE JE SOIS AUX TOILETTES PENDANT L'APPEL...
EH BIEN, DOUGLAS, IL NE FAUT PAS Y ALLER AVANT L'APPEL.
MAIS, METTONS QUE ÇA SOIT URGENT.
EH BIEN, DOUGLAS SWIETECK, IL FAUDRAIT ALLER VOIR L'INFIRMIÈRE, DANS CE CAS.
LE PANTALON BAISSÉ ?

CETTE BANDE DE PÉQUENAUDS N'A JAMAIS VU LE YANKEE STADIUM, POUR SÛR.
LISEZ LA RÈGLE SUIVANTE, DOUGLAS SWIETECK.
EN FAIT, MONSIEUR, EN PARLANT DE TOILETTES, J'AI SOUDAIN UNE ENVIE DES PLUS PRESSANTES.
BIEN, ALLEZ-Y...
ET UNE FOIS LÀ-BAS, VEILLEZ À RENTRER CORRECTEMENT VOTRE T-SHIRT DANS VOTRE PANTALON.
À VOS ORDRES, MONSIEUR.

MESDAMES...
ON DIRAIT UNE PRISON.
... DANS UN AN...
PROBABLEMENT À L'AUTOMNE PROCHAIN, L'HOMME MARCHERA SUR LA LUNE.
EN VENANT ICI, VOS ENFANTS VONT POUVOIR IDENTIFIER LEURS RÊVES.
ILS VIENDRONT POUR APPRENDRE À BÂTIR LEURS AMBITIONS.
ILS NE M'AURONT PAS.
CES ASTRONAUTES ONT EU L'ÂGE DE VOS ENFANTS ET À VOTRE AVIS QUELS ÉTAIENT LEURS RÊVES ? C'EST UN PROVISEUR COMME MOI QUI A SU LES ORIENTER.
QUI AURAIT PU CROIRE QU'UN DE CES ÉLÈVES DÉCROCHERAIT LA LUNE ?
VOS ENFANTS SONT L'AVENIR DE CE PAYS. ET À WASHINGTON IRVING, NOUS ALLONS...

J'AI RIEN À
FAIRE ICI.

HEY, DOUGGO, J'AI ENTENDU DIRE QUE T'ALLAIS À LA BIBLIOTHÈQUE.
ET ALORS ?
QU'EST-CE QUE TU Y FOUS ? TU JOUES L'INTELLIGENT POUR TA COPINE ?
LAISSE-LA TRANQUILLE, OK ?
OUAIS, C'EST ÇA...
ELLE LE SAIT, TA COPINE, QUE T'ES UN GROS DÉBILE ?
ÇA VA, DOUGGO, T'INQUIÈTE...
DES FILLES Y EN A PLEIN, TU FINIRAS PAR TROUVER UNE GROSSE DÉBILE COMME TOI.

ILS ONT L'AIR IDIOTS.
ILS SONT UN PEU DIFFÉRENTS DE LA STERNE ARCTIQUE, C'EST SÛR.
UN PEU DIFFÉRENTS ?
IL ÉTAIT GRAND TEMPS DE CHANGER DE PAGE. J'AI HÂTE DE VOIR COMMENT VOUS ALLEZ LES DESSINER.
ILS SONT MAL FICHUS.
COMMENT ONT-ILS FAIT POUR SURVIVRE JUSQU'ICI ?
HUM...
VOUS N'AVEZ RIEN À ME SUGGÉRER, MONSIEUR ?
HUM.
AÏE.

MONSIEUR DOUGLAS, NE JETEZ PAS CES CROQUIS, J'AIMERAIS LES GARDER...
POUR QUOI FAIRE ?
PEUT-ÊTRE QU'UN JOUR, VOUS SEREZ CÉLÈBRE.
CÉLÈBRE COMME JOE PEPITONE ?
COMME QUI ?
VRAIMENT ? VOUS NE SAVEZ PAS QUI EST JOE PEPITONE ?
HUM.

NON, JE NE SAVAIS PAS QUE LE SPICER'S DELI AVAIT ÉTÉ CAMBRIOLÉ LA NUIT DERNIÈRE.
VOTRE AUTRE FILS TRAVAILLE LÀ-BAS, NON ?
IL A DORMI ICI LA NUIT DERNIÈRE... CE N'EST PAS LUI.
DOUGLAS, C'EST ÇA ? TU ES SÛR QUE TON FRÈRE A DORMI ICI CETTE NUIT ?
OUI ! J'EN SUIS SÛR.
TU ES SÛR QU'IL N'EST PAS SORTI LA NUIT DERNIÈRE ?
OUI, J'EN SUIS SÛR, IL RONFLAIT, MÊME !

HUM.
ET TOI, T'AS FAIT QUOI HIER SOIR ? APRÈS TOUT, TU CONNAIS BIEN LE MAGASIN.
MONSIEUR, IL A 15 ANS. DOUGLAS N'A RIEN À VOIR LÀ-DEDANS.
HUM.
C'EST CE QUE DISENT TOUTES LES MAMANS.
ILS SONT PARTIS VERS QUELLE HEURE CE MATIN ?
MON MARI COMMENCE TÔT À L'USINE.
VERS CINQ HEURES TRENTE.
MON FRÈRE FAIT TOUJOURS UN TAPAGE QUAND IL SE LÈVE.
HUM.
PUISQUE JE VOUS DIS QUE C'EST PAS LUI.
NE T'INQUIÈTE PAS, ON LUI DEMANDERA.
JE REPRENDRAIS BIEN UN PEU DE CAFÉ.

MERCI POUR LE PETIT DÉJ, M'DAME.
ON REPASSERA.

ÇA RECOMMENCE, DOUGLAS... QU'EST-CE QU'ON VA FAIRE ?
PLEURE PAS, MAMAN, JE SUIS SÛR QUE CE N'EST PAS LUI.

T'ES AU COURANT ?
DE QUOI ?
TU DEVRAIS COURIR.
POURQUOI, J'AI RIEN FAIT.
TOI !
QU'EST-CE QUE J'AI FAIT ? J'AI PASSÉ LA JOURNÉE AVEC TOI !
PAPA, NON !

JE SAVAIS QUE TU SERAIS ICI.
TU CHERCHES QUELQUE CHOSE ?
JE VOULAIS JUSTE QUE TU SACHES QUE J'AI DIT À MON PÈRE QUE C'EST PAS TOI QUI AS DÉVALISÉ L'ÉPICERIE.
ENFIN... PEUT-ÊTRE QUE C'EST TOI ? OU TON FRÈRE ?
C'EST PAS LUI...
APRÈS TOUT, IL A UNE TÊTE DE VOYOU, COMME TOI.
SUPER, LIL... BRAVO.
PARDON, DOUGLAS, JE VOULAIS PAS...
JE SUIS DÉSOLÉ QU'IL AIT CRACHÉ SUR TES MARGUERITES, LIL, MAIS JE SAIS QUE C'EST PAS LUI.
JE TE CROIS, DOUG.
OUAIS, C'EST ÇA...
ALLEZ, FAIS PAS LA TÊTE ! VIENS, ON VA FAIRE DU VÉLO !

MERCI D'AVOIR RÉPONDU À TOUTES MES QUESTIONS...
MAIS DE RIEN, MONSIEUR L'AGENT.
AVEC PLAISIR.
JE SAIS CE QUE VOUS VOUS DITES.
RESTE QUE C'EST QUAND MÊME BIZARRE, VOUS NE TROUVEZ PAS ?
BIZARRE ?
IL NE SE PASSE JAMAIS RIEN À MARYSVILLE ET LÀ, DES NOUVEAUX DÉBARQUENT ET BAM, UN CAMBRIOLAGE.
ON VOUS DIT QUE CE N'EST PAS LUI.
VOUS AVOUEREZ QU'IL A LA TÊTE DE L'EMPLOI, VOTRE FILS !
LILLY ET MOI ON FERAIT UN BEAU PETIT COUPLE.
JE SUIS TOMBÉ À L'USINE.
HUM.
ON GARDERA UN ŒIL SUR VOUS... PASSEZ UN AGRÉABLE DIMANCHE.
VOUS PENSEZ VRAIMENT QUE C'EST CE GENRE D'HISTOIRE ?

POUR FAIRE BONNE FIGURE, ON A ÉTÉ À LA MESSE.
MA MÈRE Y TENAIT ET MON PÈRE FAISAIT LA TÊTE.
ON AURAIT JAMAIS DÛ Y ALLER.

TOUS LES GENS DE CETTE STUPIDE MARYVILLE ÉTAIENT DE SORTIE.
CES CLIENTS À QUI JE LIVRAIS DES COURSES ET QUI ME SOURIAIENT D'HABITUDE NOUS DÉVISAGEAIENT COMME SI NOUS ÉTIONS DES ANIMAUX.

VOUS SAVEZ CE QUE ÇA FAIT ?
J'AI L'IMPRESSION D'ÊTRE UN NOIR.
SOURIEZ, LES GARÇONS.
LA RUMEUR AVAIT DÉJÀ CIRCULÉ.
JE DÉTESTE CETTE VILLE.

BIENVENUE À CE PREMIER COURS DE PHYSIQUE.
MONSIEUR DOUGLAS SWIETECK, CONNAISSEZ-VOUS LE PRINCIPE DE BASE ?
NON...
DEUX CORPS NE PEUVENT OCCUPER LE MÊME ESPACE EN MÊME TEMPS.
VOUS COMPRENEZ ?
JE CROIS, OUI.
VOUS AVEZ COMPRIS CE QUE SIGNIFIE CE PRINCIPE ?
CELA SIGNIFIE, DOUGLAS, QUE DANS CETTE CLASSE VOUS N'ÊTES PAS VOTRE PÈRE NI VOTRE FRÈRE.
MÊME SI TOUTE LA VILLE PARLE DE VOTRE FAMILLE, RIEN N'A ÉTÉ PROUVÉ.
ET JE DEMANDE À TOUTE LA CLASSE DE BIEN PRENDRE EN COMPTE CE QUE JE VIENS DE DIRE.
CAPICHE ?

BIEN. OUVREZ VOTRE MANUEL À LA PAGE 12.
TOUTE SUBSTANCE EST CONSTITUÉE D'ATOMES.
CEUX-CI SONT COMPOSÉS DE TROIS PARTICULES FONDAMENTALES ET DE BEAUCOUP DE VIDE.
Je
LE NOYAU EST BEAUCOUP PLUS PETIT QUE L'ATOME, MAIS IL CONCENTRE TOUTE SA MASSE.

JANE EYRE. JANE EYRE, A-T-IL RÉPÉTÉ.
QUATRE CENTS PAGES !
JE NE LE LIRAI PAS.
DOUGLAS, IL S'AGIT D'UN DEVOIR...
JE NE LE LIRAI PAS.
JE PEUX T'AIDER, DOUGLAS.
JE SAIS QUE JANE EYRE EST UNE VIEILLE FEMME, MAIS ELLE A BEAUCOUP DE POINTS COMMUNS AVEC TOI.

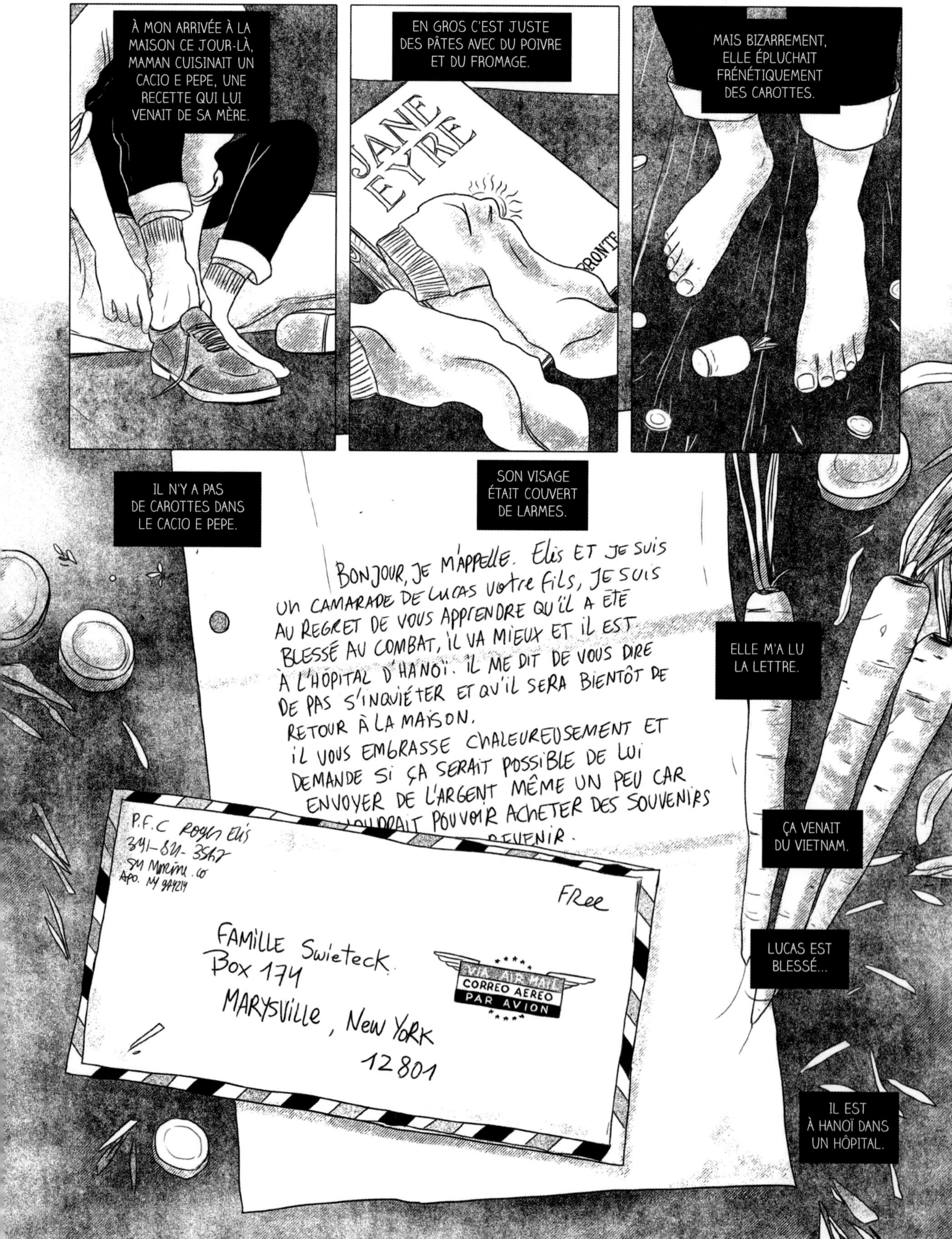

À MON ARRIVÉE À LA MAISON CE JOUR-LÀ, MAMAN CUISINAIT UN CACIO E PEPE, UNE RECETTE QUI LUI VENAIT DE SA MÈRE.
EN GROS C'EST JUSTE DES PÂTES AVEC DU POIVRE ET DU FROMAGE.
JANE EYRE
BRONTE
MAIS BIZARREMENT, ELLE ÉPLUCHAIT FRÉNÉTIQUEMENT DES CAROTTES.
IL N'Y A PAS DE CAROTTES DANS LE CACIO E PEPE.
SON VISAGE ÉTAIT COUVERT DE LARMES.
BONJOUR, JE M'APPELLE. Elis ET JE SUIS
UN CAMARADE DE LUCAS VOTRE FILS, JE SUIS
AU REGRET DE VOUS APPRENDRE QU'IL A ÉTÉ
BLESSÉ AU COMBAT, IL VA MIEUX ET IL EST
À L'HOPITAL D'HANOÏ. IL ME DIT DE VOUS DIRE
DE PAS S'INQUIÉTER ET QU'IL SERA BIENTÔT DE
RETOUR À LA MAISON.
IL VOUS EMBRASSE CHALEUREUSEMENT ET
DEMANDE SI ÇA SERAIT POSSIBLE DE LUI
ENVOYER DE L'ARGENT MÊME UN PEU CAR
POUVOIR ACHETER DES SOUVENIRS
ELLE M'A LU LA LETTRE.
FREE
FAMILLE Swieteck
Box 174
MARYSVILLE, New YORK
12801
VIA AIR MAIL
CORREO AEREO
PAR AVION
ÇA VENAIT DU VIETNAM.
LUCAS EST BLESSÉ...
IL EST À HANOÏ DANS UN HÔPITAL.

ARRÊT-COURT

QU'EST-CE QUI SE PASSE ?
QUOI ? MAIS POURQUOI ?
UN COLLECTIONNEUR PRIVÉ A ACHETÉ UNE PARTIE DES PAGES D'AUDUBON.
L'ARGENT, DOUGLAS... LA VILLE EN A BESOIN.
MAIS ON NE PEUT PAS VENDRE LES PAGES D'UN LIVRE UNE PAR UNE !
QUAND C'EST UN AUDUBON, ON PEUT.
ILS SONT IDIOTS DE LES VENDRE.
ILS ONT VENDU QUOI ?
HUM...
HUM...
LA STERNE ARCTIQUE... LES MACAREUX...

SALAUDS ! VOUS N'AVEZ PAS LE DROIT !
IL Y A UN PROBLÈME, MONSIEUR POWELL ? LA VENTE TIENT TOUJOURS ?
OUI, OUI, TOUT VA BIEN, MONSIEUR BALLARD. CONTINUEZ.
MAIS... C'EST VOUS QUI LES VENDEZ...
C'EST VOUS LE SALAUD.
DOUGLAS, REVIENS !

ALLEZ, BANDE DE CHIFFES MOLLES ! EN RANG ET PLUS VITE QUE ÇA.
À PARTIR DE TOI, VOUS M'ENLEVER VOS TEE-SHIRTS, VOUS SEREZ LA SKIN TEAM.
MONSIEUR, ILS SONT NEUF ET NOUS ONZE, JE VAIS DANS LA SHIRT TEAM.
RESTE-LÀ GAMIN, ET ENLÈVE-MOI TON TEE-SHIRT.
JE PENSAIS QUE LES PROFESSEURS SAVAIENT COMPTER.
QU'EST-CE QUE T'AS DIT ?
VOUS SAVEZ COMPTER ? OU LES PROFS DE GYM EN SONT DISPENSÉS ?
TOI, MON GARS, TU FILES CHEZ LE DIRECTEUR.
SIR, YES SIR ! REÇU CINQ SUR CINQ.

SWIETECK.

INSOLENCE.
INSUBORDINATION.
VOUS AIMEZ LES JOURS DE COLLE, MONSIEUR SWIETECK ?
ET VOUS ?
HUM... INSOLENCE.
METTONS-NOUS D'ACCORD POUR NEUF JOURS DE COLLE. QU'EN PENSEZ-VOUS ?

JE NE SUIS PAS TRÈS FORT, JE VOUS L'AI DÉJÀ DIT ?
EN RENTRANT, MON STUPIDE FRÈRE AVAIT TROUVÉ MES DESSINS ET AVAIT GRIBOULLÉ DESSUS AVANT DE LES DÉCHIRER.
CE N'ÉTAIT PAS LA PREMIÈRE FOIS QUE JE RESSENTAIS ÇA.
ET COMME LA STERNE ARCTIQUE, J'AI PLONGÉ DEDANS.
UNE ENVIE DE TOUT DÉTRUIRE.
LA HAINE.

LES BOUSEUX ME DÉVISAGEAIENT COMME SI JE VENAIS DE MARS.
DOUGLAS !
MON DIEU, TON VISAGE... TU VAS BIEN ?
HUM... OUAIS, OUAIS.
ÇA A PAS L'AIR, DOUG...
C'EST TON PÈRE QUI T'A FAIT ÇA ?
T'INQUIÈTE, LIL...
JE PENSE QU'ILS ONT UN MEILLEUR ODORAT QUE NOUS.
TU VIENS EN COURS DE GÉO AVEC MOI ?
JE PEUX PAS... JE SUIS COLLÉ. JE TE RACONTERAI PLUS TARD... PROMIS.
JE SUIS LÀ SI T'AS BESOIN, TU SAIS ?
MERCI, LIL...

ALORS, DOUG SWIETECK, QU'EST-CE QUE VOUS FAITES LÀ ?
J'AI ÉTÉ INSOLENT AVEC L'ENTRAÎNEUR...
ILS SENTENT QUAND ON LES MÉPRISE.
EN GÉNÉRAL, CE N'EST NI SAGE NI PRUDENT D'ÊTRE INSOLENT AVEC UN PROFESSEUR... SURTOUT SI CELUI-CI EST SERGENT DANS L'ARMÉE AMÉRICAINE.
MÊME S'IL A TORT ?
HUM... RÉFLÉCHISSEZ.
JANE EYRE
TTE BRONTE
JE VOIS CE QUE VOUS VOULEZ DIRE.
NOUS POURRIONS UTILISER CE TEMPS À BON ESCIENT, PUISQUE VOUS AVEZ LAISSÉ TOMBER *JANE EYRE*, SEMBLE-T-IL ?
VOUS AVEZ DÉJÀ VU LE PÉLICAN DANS LE BUREAU DU PRINCIPAL ?

EN EFFET. ET ?
VOUS NE PENSEZ PAS QUE SA PLACE EST DANS SON LIVRE D'ORIGINE ?
JE CROIS QUE C'EST UN CADEAU DU CONSEIL MUNICIPAL POUR SA NOMINATION.
VOUS PENSEZ DONC QUE SA PLACE EST DANS SON LIVRE ORIGINEL.
EN GÉNÉRAL, JE PARTAGE L'IDÉE SELON LAQUELLE LES CHOSES ONT LEUR PLACE DANS LA CATÉGORIE QUI LEUR A ÉTÉ ASSIGNÉE.
CE QUI NOUS AMÈNE AU TABLEAU PÉRIODIQUE DES ÉLÉMENTS.
LE TABLEAU PÉRIODIQUE CLASSIFIE LES ÉLÉMENTS SELON LEURS PROPRIÉTÉS PHYSIQUES ET QUOI D'AUTRE ?
odic Chart of the Elements
LEUR NUMÉRO ATOMIQUE.
BIEN. DONNEZ-MOI LE SYMBOLE DU PREMIER GAZ NOBLE, L'HÉLIUM.
Periodic Chart of the Elements

JE NE SAIS PAS.
REGARDEZ ENCORE LE TABLEAU, TROUVEZ LE NÉON.
JE NE SAIS PAS.
C'EST... UN PEU D'ATTENTION, DOUGLAS !
NE ?
BIEN. ESSAYEZ L'ARGENT.
A ?
NON, C'EST...
ARG ?
AG, DOUGLAS ! IL N'Y A PAS DE A, NI D'ARG DANS LE TABLEAU.
PARDON, MONSIEUR.
BON, ESSAYEZ L'AZOTE. JE VOUS DONNE UN INDICE : IL EST ENTRE C ET O.
AZ ?
DOUGLAS... MAIS...
MAIS... VOUS NE SAVEZ PAS LIRE ?
... QUI D'AUTRE EST AU COURANT ?

OUAIS, OUAIS, JE SAIS CE QUE VOUS PENSEZ...
JE SUIS UN GROS DÉBILE.
APRÈS DES HEURES DANS LE BUREAU DU PRINCIPAL, IL A DÉCIDÉ QUE JE DEVRAIS SUIVRE UN COURS D'ALPHABÉTISATION ACCÉLÉRÉ.
POUR QUE LES AUTRES ÉLÈVES NE L'APPRENNENT PAS, JE SERAI SUSPENDU DE COURS POUR UN TEMPS.
MERDE !
VU MA TRONCHE, PERSONNE NE POSERA DE QUESTIONS.
ET DEVINEZ QUOI : MME WINDERMERE EST LA SEULE À CINQUANTE KILOMÈTRES À VOL D'OISEAU À DONNER DES COURS D'ALPHABÉTISATION.
MES POURBOIRES...
COMME JE SUIS UN GROS DÉBILE, ON A COMMENCÉ À LIRE LETTRE PAR LETTRE PUIS MOT PAR MOT.
UN MOT A TOUJOURS BESOIN D'UNE VOYELLE, VOUS LE SAVIEZ ?

QU'EST-CE QUE J'AI COMMANDÉ COMME GOÛT ?
CORNICHON...
QU'EST-CE QUE TU RACONTES ?
JE VOUS AI APPORTÉ UN BOUQUET DE CORNICHONS.
HAHAHA !
METS-LES DANS CE VASE.
TIENS, C'EST QUOI DANS TA POCHE ?
UNE VERSION ABRÉGÉE DE *JANE EYRE*.
AH ! L'UNE DES PLUS GRANDES HISTOIRES AU MONDE. AMOUR, TRAHISON, JALOUSIE, JE L'AI ADAPTÉE EN PIÈCE IL Y A DES ANNÉES.
C'ÉTAIT PLUTÔT MAUVAIS...
JE SUIS SÛR QUE ÇA DEVAIT ÊTRE TRÈS BIEN, MADAME WINDERMERE.
HUM... NON. D'AILLEURS ÇA ME DONNE UNE IDÉE... PRENDS VINGT DOLLARS SUR LE FRIGO.
MERCI, MA...
CHUUT ! ALLEZ, DISPARAIS !

C'EST LE GAMIN SWIETECK, NON ?
HEY, TOI !
ALORS ? ON AIME PAS DIRE BONJOUR ?
J'AI RIEN FAIT !

EST-CE QU'IL ARRIVE QUE VOTRE FILS SOIT À LA MAISON ?
IL S'AMUSE, RIEN DE PLUS.
VOUS SAVEZ À QUOI IL S'AMUSE ?
À VOUS SEMER ?
VOUS VOUS FOUTEZ DE NOUS ?
C'EST COMME ÇA QUE VOUS ÉDUQUEZ VOS ENFANTS ?
C'EST TOI LA QUINCAILLERIE TOOLS'N'MORE ?
LAISSEZ-LE ! VOUS N'AVEZ AUCUNE PREUVE !
OUAIS, C'EST ÇA ! MAIS ON EN TROUVERA.
METS TA VESTE, ON Y VA ! ILS N'ONT RIEN CONTRE TOI.
JE N'AI RIEN VOLÉ. RIEN !
SI VOUS VOULEZ L'ÉDUQUER, ALLEZ-Y ! J'AI DÉJÀ TOUT ESSAYÉ... MAIS LÀ, IL N'A RIEN FAIT !
MARYSVILLE POLICE
CHARLTON ST
J'AI RIEN FAIT, MA. JE TE LE JURE.
POURQUOI TU T'ES ENFUI ?
C'EST À CAUSE DE CE QUE LUCAS A FAIT...
NE PARLE PAS DE LUI.

FERMEZ-LA ! EN RANG, PLUS VITE QUE ÇA !
TIENS, TIENS, T'ES DE RETOUR, TOI.
TU FILES DANS L'ÉQUIPE DES SKINS !
ALLEZ, ENLÈVE-MOI CE MAILLOT, ET QUE ÇA SAUTE !
VOUS COMPTEZ ME DESCENDRE SI JE NE LE FAIS PAS ?
ENLÈVE TON TEE-SHIRT !
NON !

QU'EST-CE...
QUE...
FILS
A SA
MAMAN

OH ! MON DIEU... JE...

FILS À SA MAMAN
WOWOWOW, DU CALME, PETIT... VIENS AVEC MOI, ON VA EN DISCUTER CHEZ LE PRINCIPAL...
QU'EST-CE QUE VOUS AVEZ FAIT...
QU'EST-CE QUE VOUS AVEZ FAIT !!!!
HAAAAAA AAAAAAAA !
ARRÊTE-TOI !
VOUS AVEZ RUINÉ MA VIE !
QU'EST-CE QU'IL SE PASSE ICI ?

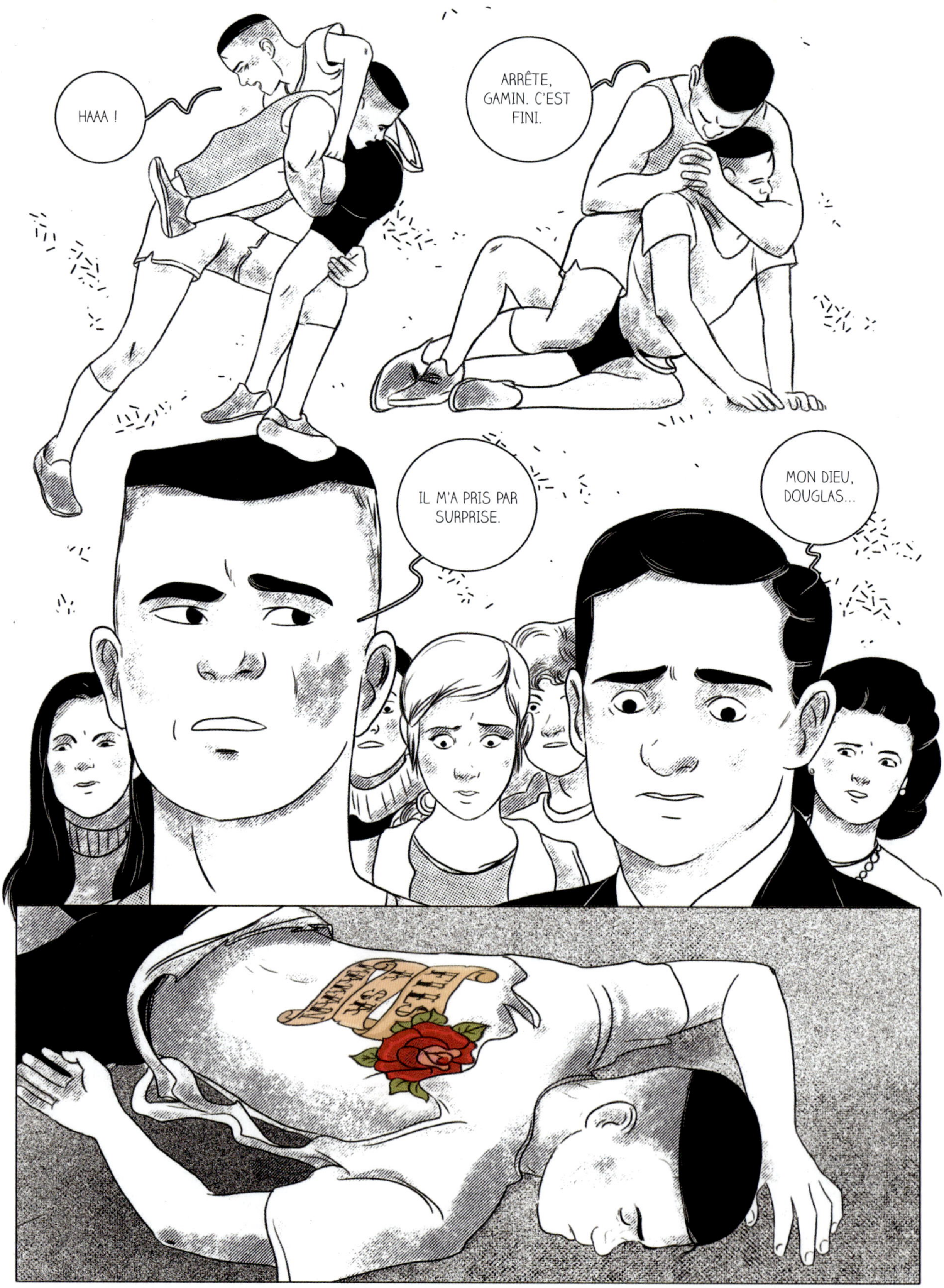
HAAA !
ARRÊTE, GAMIN. C'EST FINI.
IL M'A PRIS PAR SURPRISE.
MON DIEU, DOUGLAS...

MON PÈRE EST RENTRÉ TARD LE SOIR DE MES 12 ANS.
L'HALEINE CHARGÉE DE BIÈRE, IL M'A DIT QUE NOUS ALLIONS VOIR DES FILLES POUR MON ANNIVERSAIRE.
JE NE VOULAIS PAS, ALORS IL M'A GIFLÉ.
ON EST ENTRÉS DANS LA VOITURE QUI PUAIT LA BIÈRE.
TU VOUDRAIS UN TATOUAGE COMME LUCAS ?
J'AI ACQUIESCÉ... JE NE VOULAIS PAS EN PRENDRE UNE DEUXIÈME.
ON EST ARRIVÉS DANS UN ENDROIT HYPER SOMBRE.
MON PÈRE ET CE GARS ONT RI.
ÇA FAISAIT MAL... ÇA A DURÉ UNE ÉTERNITÉ.
ILS ONT RI, RI, RI.
« FILS À SA MAMAN ». LA CHOSE LA PLUS DRÔLE DU MONDE.

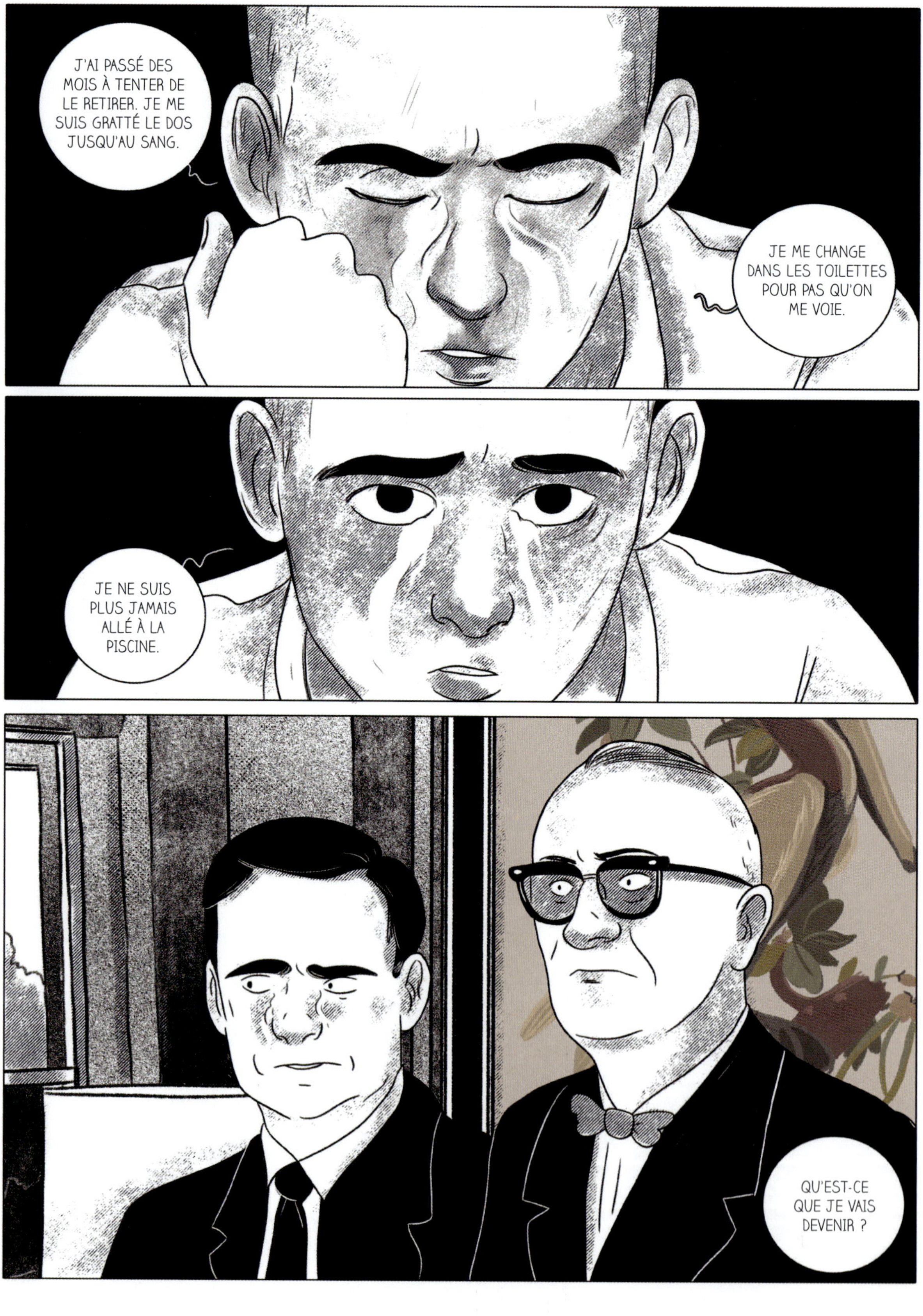
J'AI PASSÉ DES MOIS À TENTER DE LE RETIRER. JE ME SUIS GRATTÉ LE DOS JUSQU'AU SANG.
JE ME CHANGE DANS LES TOILETTES POUR PAS QU'ON ME VOIE.
JE NE SUIS PLUS JAMAIS ALLÉ À LA PISCINE.
QU'EST-CE QUE JE VAIS DEVENIR ?

CHAMP GAUCHE

VOICI LES STATS CONCERNANT CETTE SEMAINE D'OCTOBRE.
DEUX BAGARRES SUR LE CHEMIN DE L'ÉCOLE. AUCUNE VICTOIRE. DEUX DÉFAITES. MAIS C'ÉTAIT SERRÉ.
TROIS BAGARRES DANS LE COULOIR. AUCUNE VICTOIRE. UNE DÉFAITE. DEUX MATCHS NULS. MR FERRIS EST INTERVENU.
ALLEZ, DOUG, VIENS JOUER.
J'AI PAS ENVIE, JOE.
UNE BAGARRE DANS LA CLASSE DE MCELROY. UN MATCH NUL.

DEUX BAGARRES À LA PAUSE DE MIDI. AUCUNE VICTOIRE. DEUX MATCHS NULS. MR PEATTIE EST INTERVENU.
QUELQUES PASSES, ALLEZ !
UNE BAGARRE DANS LES TOILETTES DES GARÇONS. UNE DÉFAITE.
JE DOIS REJOINDRE MES PARENTS, ON VA À UN PIQUE-NIQUE ORGANISÉ PAR L'USINE DE MON PÈRE...
ALLEZ, DOUGGY !
J'AI PAS ENVIE, T'ENTENDS !
LILLY M'ÉVITE À L'ÉCOLE, ELLE NE ME PARLE PLUS. UNE DÉFAITE.

LE TOURNOI A DÉJÀ COMMENCÉ ?
HUM... NON.

CLING !
CLING !
BIEN JOUÉ !
HUM, TU VEUX ESSAYER ?
ALLEZ
JE SUIS NUL !
POC.
HUM, PLUS FORT ET TU DOIS FAIRE TOURNER TON POIGNET.

OYEZ OYEZ ! LE GRAND QUIZ VA COMMENCER !
C'EST QUOI CE QUIZ ?
UN CONCOURS... CETTE ANNÉE, LE THÈME, C'EST LE BASEBALL.
AUTANT TE DIRE QUE C'EST FINI POUR MOI.
JE LE FAIS DEPUIS VINGT-CINQ ANS ET JE N'AI MÊME JAMAIS RÉUSSI À M'APPROCHER D'UNE BONNE RÉPONSE.
IL Y A UN TRUC À GAGNER ?
CINQUANTE DOLLARS, UNE PLACE DE PARKING À L'USINE ET UNE BATTE DE BASEBALL DÉDICACÉE PAR UN CERTAIN JOE... QUELQUE CHOSE.
CLING !
JOE PEPITONE ?
OUI, VOILÀ, C'EST LUI.
TU T'Y CONNAIS EN BASEBALL, PETIT ?
OUI !
ÇA TOMBE BIEN, IL FAUT ÊTRE DEUX POUR PARTICIPER... TU VEUX ÊTRE MON PARTENAIRE ?

BONJOUR, BONJOUR, OCTOBRE EST DÉJÀ LÀ ET POURTANT, NOUS SOMMES EN CHEMISE ! DIEU NOUS EST FAVORABLE, MES AMIS ! VIVE L'AMÉRIQUE. LE BASEBALL. QUI N'AIME PAS LE BASEBALL ?
LE BASEBALL EN DIX QUESTIONS. FACILE ? NOUS ALLONS VOIR ÇA ! SANS PLUS ATTENDRE...
VOICI LA PREMIÈRE QUESTION.
EN 1960, LES YANKEES, DIEU LES BÉNISSE, ONT FRAPPÉ COMBIEN DE COUPS DE CIRCUIT ?

193.
COMMENT TU SAIS ÇA ?
194.
T'ES SÛR ?
OUI.
COMBIEN DE MANCHES CONSÉCUTIVES WHITEY FORD A-T-IL JOUÉES EN SÉRIE MONDIALE SANS ENCAISSER DE POINTS ?
33 ?
FACILE.
EN 1960, QUELLE EST LA MOYENNE DES YANKEES ?
0,338.
T'AVAIS QUOI, EN 1960, 8 ANS ? COMMENT TU SAIS ÇA ?
LES CARTES... LES CARTES À COLLECTIONNER... Y A TOUS LES CHIFFRES AU DOS.
MAIS COMMENT TU LES RETIENS ?
QUELLE EST LA MEILLEURE MOYENNE AU BÂTON RÉALISÉE PAR MICKEY MANTLE ?
0,365.
MAIS T'ES UN GÉNIE ?

MESDAMES, MESSIEURS, UN PEU D'ATTENTION !
NOUS AVONS UN DUO VAINQUEUR !
SI, SI, C'EST POSSIBLE !
AH ! EUH...
JE DEMANDE À MONSIEUR... BALLARD ET DOUGLAS SWIETECK DE BIEN VOULOIR MONTER SUR SCÈNE !
ON A GAGNÉ !!!
ON LES APPLAUDIT BIEN FORT !
TON FILS A DE BONS CONTACTS DIS-MOI...
MONSIEUR BALLARD, COMMENT FAIT-ON POUR LES PRIX ? VOUS N'ÊTES PAS VRAIMENT CENSÉ GAGNER...
VOUS DONNEREZ TOUT AU PETIT... ET POUR LES PLACES DE PARKING, ON VERRA !
COMMENT ÇA ?
ÇA FERAIT QUEL EFFET, À TON AVIS, SI LE DIRECTEUR REMPORTAIT TOUS LES PRIX ?
VOUS ?
TU PEUX M'APPELER BOB !

ET TU CROIS VRAIMENT QU'IL VA TE DONNER LES PRIX ALORS QUE TU NE TRAVAILLES MÊME PAS À L'USINE ?
QUEL SALAUD, CE BALLARD. IL CONNAISSAIT TOUTES LES RÉPONSES...
TU VOIS POUR QUI JE BOSSE, UN VRAI TRICHEUR...
TU VAS CHERCHER TES PRIX DEMAIN APRÈS-MIDI, C'EST ÇA ?
HUM...
JE TE PARIE CINQ DOLLARS QUE TU REVIENDRAS BREDOUILLE.
ALLEZ, DOUGGY, CINQ DOLLARS. TU TIENS LE PARI ?
NA PARIE PAS AVEC LES ENFANTS.
ON T'A CAUSÉ, TOI ?
IL N'A PAS TRICHÉ. JE CONNAISSAIS LES RÉPONSES.
HAHA ! OUAIS... C'EST ÇA... ET TU CONNAIS LES CHIFFRES DU LOTO DE CETTE SEMAINE, AUSSI ?

HUM... UN PETIT, COUPE MILITAIRE.
IL ARRIVE, GAMIN.
AH ! MON PARTENAIRE ! ENTRE, ENTRE !
ALORS, DOUGLAS, QU'EST-CE QUE TU COMPTES FAIRE AVEC LES CENT DOLLARS ?
HUM...
SI TU ME DEMANDES, ET TU N'ES PAS OBLIGÉ DE LE FAIRE, VU QU'IL S'AGIT DE TON ARGENT...
... EH BIEN, JE LES DÉPOSERAIS SUR UN COMPTE D'ÉPARGNE POUR PAYER L'UNIVERSITÉ.
CE SERAIT UN BON DÉBUT, NON ?

LES CENT DOLLARS ?
OUI, LES CENT DOLLARS QUE J'AI DONNÉS À TON PÈRE POUR...
HAA... TU NE LES AS PAS EUS.
SI, SI... JE LES AI EUS. MERCI.
QU'EST-CE QU'IL Y A ?
IL NE T'A PAS DONNÉ... LA BATTE NON PLUS.
SI, SI ! ELLE EST DANS MA CHAMBRE. C'EST SUPER.
TU ES SÛR ?
JE SUIS SÛR.
BON... SI T'ES VRAIMENT SÛR... ALORS QU'EST-CE QUE JE PEUX FAIRE POUR TOI ?

MONSIEUR BALLARD, L'ENCADREUSE EST LÀ, VOUS DEVEZ CHOISIR LE MODÈLE POUR LES OISEAUX.
AH OUI... TIENS, DOUGLAS, TU VAS M'AIDER !
L'ACAJOU S'ACCORDE BIEN AVEC LE BOIS.
OU ALORS, SI VOUS METTEZ L'OISEAU PRÈS DE LA FENÊTRE, UN CADRE EN CÈDRE SERAIT LOGIQUE.
QU'EN PENSES-TU, GAMIN ?
JE ME SOUVIENS DE VOUS, MAINTENANT...
JE NE TE SUIS PAS...
JE PENSE QUE SA PLACE EST DANS LE LIVRE DE LA BIBLIOTHÈQUE.

POURQUOI ?
PARCE QUE CE LIVRE EST UN TRÉSOR... CES OISEAUX DEVRAIENT RESTER ENSEMBLE.
PEUT-ÊTRE QUE CE MÉLANGE DE TEINTES PLUS SOMBRES OU PLUS CLAIRES VOUS PERMETTRAIT DE L'ACCROCHER PARTOUT.
MOI AUSSI... JE ME SOUVIENS DE TOI, MAINTENANT. T'ES LE GAMIN DE LA BIBLIOTHÈQUE.
IL A RAISON. VOUS NE PENSEZ PAS ?
ATTENTION, MONSIEUR.
CE SONT DES AUDUBON, MONSIEUR... IL A RAISON, ILS SONT PRÉCIEUX.
TRÈS BIEN...
ALLONS REMETTRE CES OISEAUX DANS LEUR LIVRE.

PASSE-MOI LA PURÉE, DOUGGY.
JE SUIS ALLÉ À L'USINE, AUJOURD'HUI.
AH OUAIS ?
ON DIRAIT QUE VOUS AVEZ RÉCUPÉRÉ TOUS LES DEUX LES PLACES DE PARKING QUE J'AI GAGNÉES.
ET ALORS ? ÇA COÛTE RIEN À BALLARD-LES-GROS-SOUS.
PUIS T'AS PAS LE PERMIS.
ET PASSE-MOI LA PURÉE, DOUGGY.
IL A DIT QU'IL T'AVAIT DONNÉ LES...
IL M'A RIEN DONNÉ, TU M'AS VU RAPPORTER QUELQUE CHOSE À LA MAISON ? HEIN ? C'EST PARCE QU'IL NE M'A RIEN DONNÉ.
IL A DIT QU'IL T'AVAIT DONNÉ MES CENT DOLLARS ET MA BATTE DÉDICA...
QU'EST-CE QUE T'ESSAIES D'INSINUER ?
RIEN... JE TE RACONTE CE QUE MR BALLARD A DIT.
QUEL MENTEUR CE GROS BALLARD ! C'EST UN MENTEUR, TU SAISIS ?

L'UN D'ENTRE VOUS MENT.
REVIENS ICI !
LIBRARY
DOUGLAS ? QU'EST-CE QUE TU FAIS ICI ?
JE PEUX JUSTE... RESTER ICI UN PEU ?

OUI, OUI, MAIS LA BIBLIOTHÈQUE VA BIENTÔT FERMER.
MAIS... QU'EST-CE QUI SE PASSE, DOUGLAS ?
TU SAIS QUE TU ES UN VRAI DÉBILE ?
FERME-LA.
TOUT CE QUE T'AVAIS À FAIRE ÉTAIT DE DIRE : J'AI SAISI.
TU VOUDRAIS PAS DIRE « J'AI PAS SAISI » UNE FOIS DANS TA VIE, TOI ?
TOUS LES JOURS, DOUGGO... MAIS QUAND T'ES PARTI, SUR QUI IL A GUEULÉ, À TON AVIS ? SUR QUI ?
MAMAN T'A DÉFENDU, ET DEVINE CE QUI LUI EST ARRIVÉ ? HEIN ? TU SAISIS ?

FERME-LA. C'EST PAS COMME SI TU...
COMME SI QUOI ? TU T'ES JAMAIS DEMANDÉ CE QUE ÇA FAIT D'ÊTRE TELLEMENT EN COLÈRE QUE TU...
... TOUT LE MONDE PENSE QUE T'ES COMME ÇA ET QUE TU SERAS TOUJOURS COMME ÇA...
ET TOI TU TE DIS, EST-CE QUE JE VAIS ÊTRE COMME LUI ? EST-CE QUE JE SUIS COMME LUI ?
ET ÇA ME REND ENCORE PLUS EN COLÈRE PARCE QUE JE SUIS PAS COMME LUI...
J'AI ENVIE DE LE TUER...
VA VOIR MAMAN, DOUGLAS... ET SI TU VEUX TA BATTE, JE L'AI CACHÉE SOUS LA COMMODE...
COMMENT T'AS...
C'EST UN CON... IL L'AVAIT LAISSÉE SUR LE SIÈGE ARRIÈRE DE LA VOITURE...

LILLY, JE PEUX TE PARLER ?
OUI...
MATH
T'AS ÉTÉ BÊTE, DOUGLAS...
J'AURAIS PU T'AIDER...
T'AURAIS DÛ ME DIRE TOUT ÇA AVANT...
... ON PEUT ENCORE ÊTRE AMIS, ALORS ?
MOI ? AMIE AVEC UN VOYOU COMME TOI ?

CHAMP CENTRE

EH ! LIVREUR MAIGRICHON, TU VEUX DU CAFÉ ?
COMMENT VOUS L'AVEZ EUE, CETTE PAGE D'AUDUBON ?
ET TOI, COMMENT TU L'AS EU, CE NOUVEAU BLEU AU VISAGE ?
JE... NON MERCI POUR LE CAFÉ.
HUM, TU AS RAISON, C'EST UNE DROGUE, J'EN BOIS TROP. MAIS ON VA TOUS MOURIR, NON ?
ALORS, TU LIS QUOI EN CE MOMENT ?
LES QUATRE FILLES DU DOCTEUR MARCH.
TU VEUX QUE JE TE RACONTE LA FIN ?
SI VOUS VOULEZ.

ÇA NE VA PAS, NON ?! CE ROMAN EST TROP BON !
JE TUERAIS POUR POUVOIR LE RELIRE POUR LA PREMIÈRE FOIS.
FAUT QUE J'Y AILLE.
DÉJÀ ? ET NOTRE SÉANCE DE LECTURE, ALORS ?
DÉSOLÉ MAIS JE SUIS TROP EXCITÉ POUR LIRE.
EXCITÉ ?
CE SOIR C'EST MOI QUI VAIS À BROADWAY !

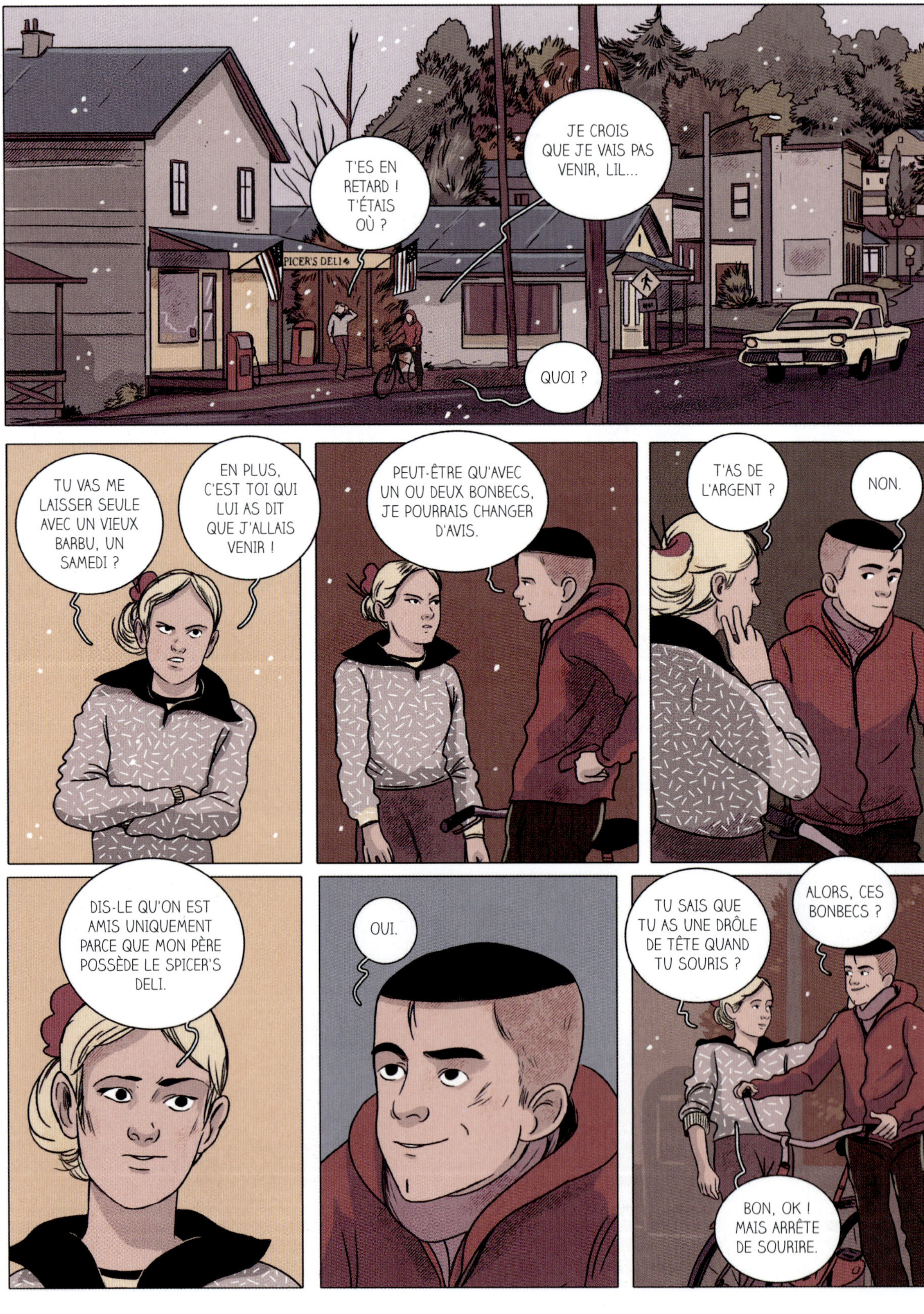
SPICER'S DELI
T'ES EN RETARD ! T'ÉTAIS OÙ ?
JE CROIS QUE JE VAIS PAS VENIR, LIL...
QUOI ?
TU VAS ME LAISSER SEULE AVEC UN VIEUX BARBU, UN SAMEDI ?
EN PLUS, C'EST TOI QUI LUI AS DIT QUE J'ALLAIS VENIR !
PEUT-ÊTRE QU'AVEC UN OU DEUX BONBECS, JE POURRAIS CHANGER D'AVIS.
T'AS DE L'ARGENT ?
NON.
DIS-LE QU'ON EST AMIS UNIQUEMENT PARCE QUE MON PÈRE POSSÈDE LE SPICER'S DELI.
OUI.
TU SAIS QUE TU AS UNE DRÔLE DE TÊTE QUAND TU SOURIS ?
ALORS, CES BONBECS ?
BON, OK ! MAIS ARRÊTE DE SOURIRE.

COMMENT TU FAIS POUR DESSINER AUSSI BIEN ?
J'EN SAIS RIEN...
JE PEUX VOIR VOTRE DESSIN, MISS LILLY ?
NON... IL EST TROP MOCHE.
JAMAIS JE NE ME PERMETTRAIS DE ME MOQUER. VOUS ÊTES LÀ POUR APPRENDRE.
HAHAHA ! C'EST VRAI QU'IL EST MOCHE !
DOUGLAS !
DOUGLAS !
NE LAISSEZ PAS CET AVORTON JUGER VOTRE TRAVAIL, MISS LILLY. PUIS-JE ?
PARDON...

HUM... ALORS, PAR OÙ COMMENCER.
HUM... PREMIÈREMENT, ON VOIT QUE C'EST UN OISEAU, N'EST-CE PAS ?
HAHA !
SI J'AVAIS SU, JE SERAIS VENU EN SKIS !
YES !
FAIS UN BISOU À LA GROSSE POMME POUR MOI !
LIBRARY

VOUS SAVEZ CE QUE ÇA FAIT DE RETROUVER LE BRUIT DE NEW YORK ?
IL AURAIT PAS PU VENIR UN MEILLEUR JOUR !
BORDEL... IL FAIT FROID !
T'ES MALADE ? FERME TA FENÊTRE, DOUGGY !
NO PARKING NO COMMERCIAL TRAFFIC
STOP AUX MASSAC
ASSASSIN STOP LA GUERR

VOUS SAVEZ CE QUE ÇA FAIT DE RETROUVER CES COULEURS ?
MAIS IL EST DÉBILE ? FERME CETTE PUTAIN DE FENÊTRE, DOUGLAS !

ON EST EN RETARD, IL DOIT DÉJÀ ÊTRE ARRIVÉ.

GREYHOUND
IL N'EST PAS LÀ.
BORDEL, IL DEVRAIT ÊTRE LÀ...
ON AURAIT DÛ PARTIR DEUX HEURES PLUS TÔT, COMME JE TE L'AVAIS DIT !
C'EST PAS DE MA FAUTE SI J'AI DÛ ME GARER À L'AUTRE BOUT DE LA VILLE, OK ?!
GREYH
VILLE DE MERDE.
ET MAINTENANT ON A AUSSI PERDU DOUGLAS.
HEY, MON GARS, TU SERAIS PAS UN SWIETECK, PAR HASARD ?

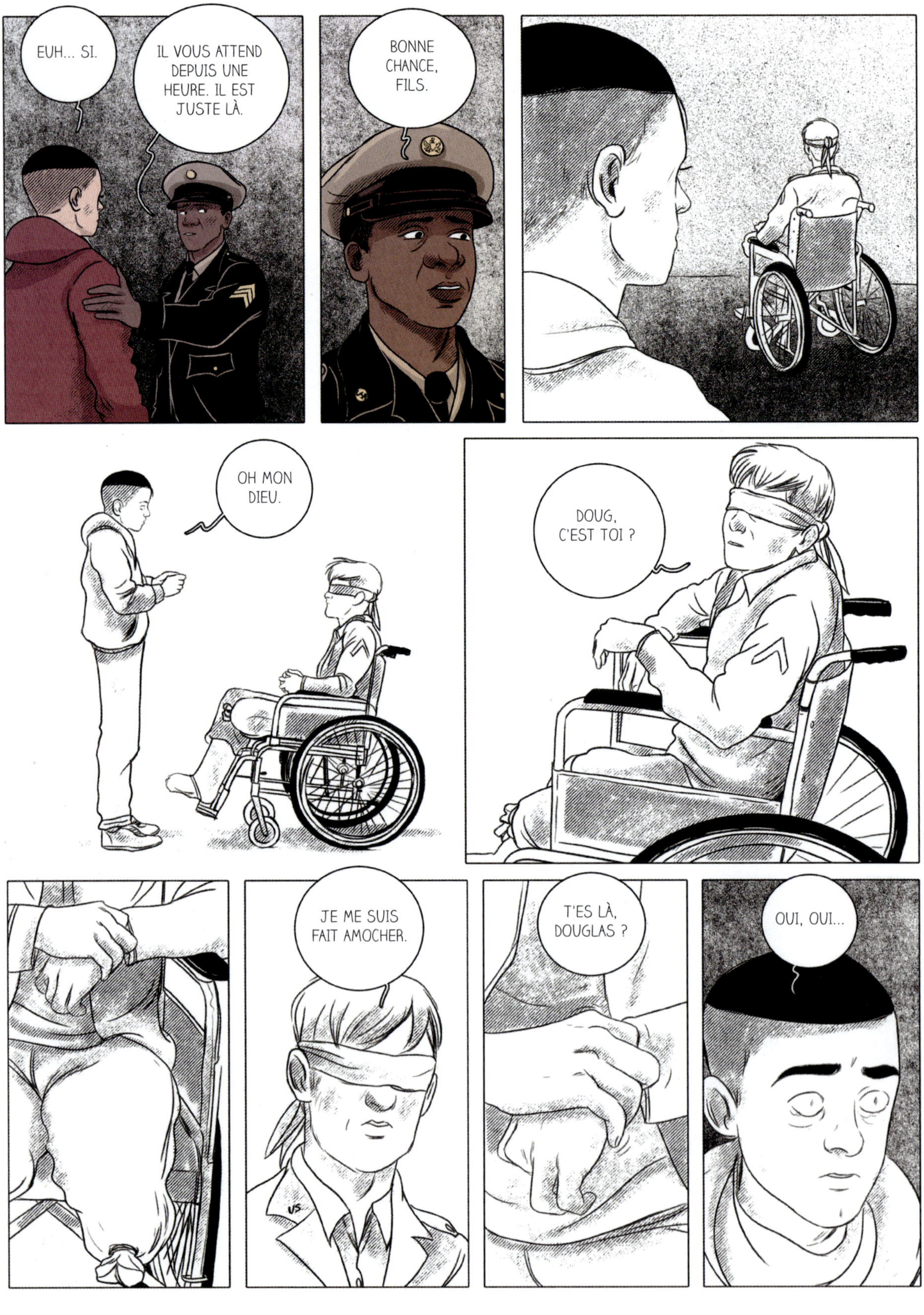
EUH... SI.
IL VOUS ATTEND DEPUIS UNE HEURE. IL EST JUSTE LÀ.
BONNE CHANCE, FILS.
OH MON DIEU.
DOUG, C'EST TOI ?
JE ME SUIS FAIT AMOCHER.
T'ES LÀ, DOUGLAS ?
OUI, OUI...

VOUS SAVEZ CE QUE ÇA FAIT DE RETROUVER L'AMBIANCE MERVEILLEUSE D'UNE CITÉ QUI NE DORT JAMAIS ?
IL L'A BIEN CHERCHÉ !
LA PAIX NE TUE PAS
QUI A DIT ÇA ?

LAISSEZ-LE PARLER...
J'AI FROID, J'AIMERAIS QU'ON RENTRE À LA MAISON.

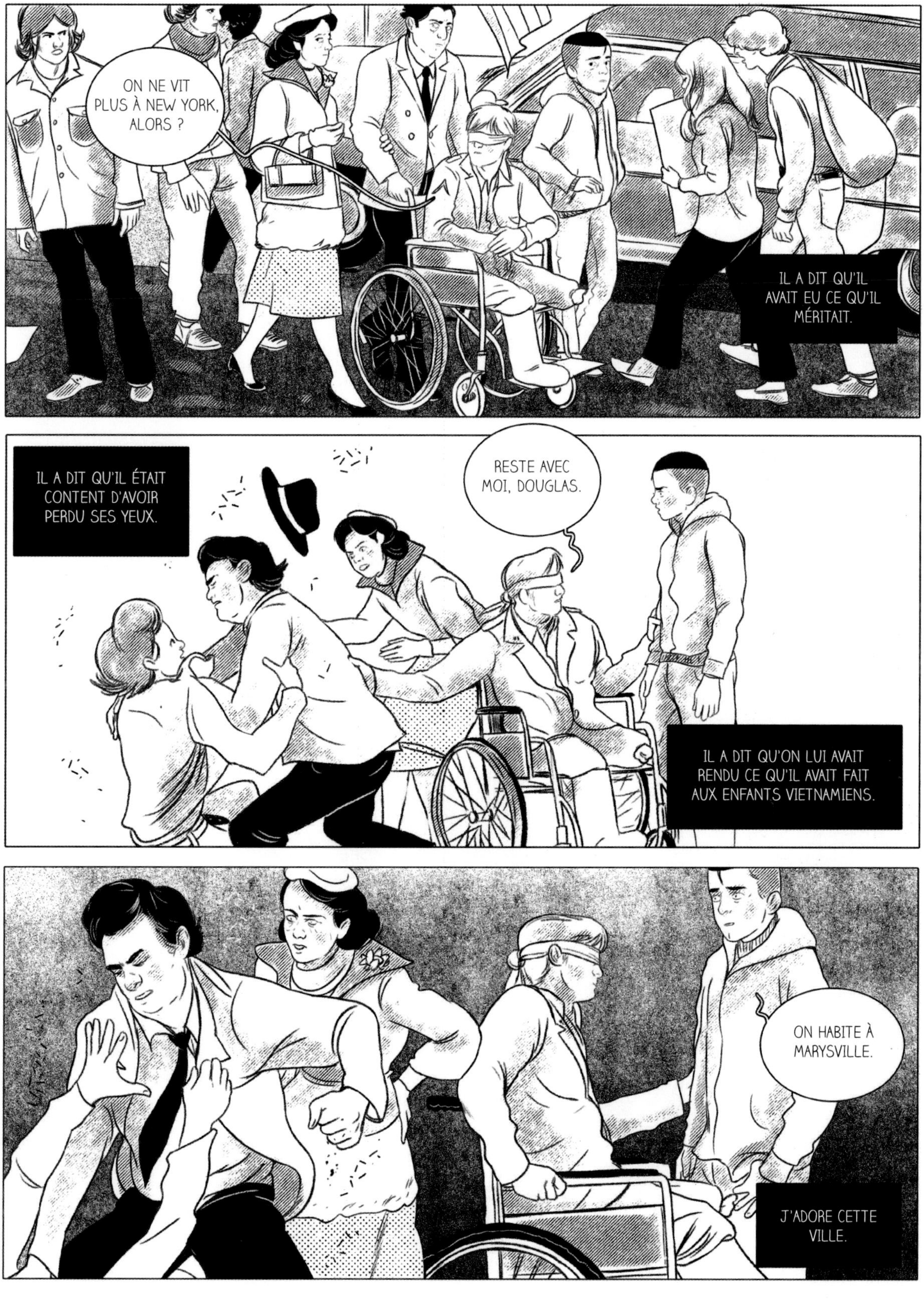
ON NE VIT PLUS À NEW YORK, ALORS ?
IL A DIT QU'IL AVAIT EU CE QU'IL MÉRITAIT.
IL A DIT QU'IL ÉTAIT CONTENT D'AVOIR PERDU SES YEUX.
RESTE AVEC MOI, DOUGLAS.
IL A DIT QU'ON LUI AVAIT RENDU CE QU'IL AVAIT FAIT AUX ENFANTS VIETNAMIENS.
ON HABITE À MARYSVILLE.
J'ADORE CETTE VILLE.

ÇA NE TE FAIT PAS TROP MAL ?
ÇA VA.
MERCI.
DE RIEN, LUCAS.
T'AS BESOIN DE QUELQUE CHOSE ?
J'AI JUSTE BESOIN DE DORMIR, LES GARS.
DOUGLAS... IL VA FALLOIR SE SERRER LES COUDES. OK ?
OK, CHRISTOPHER.

LES DEUX PREMIÈRES SEMAINES, LUCAS NE PARLAIT PAS. PARFOIS IL PLEURAIT. LE SOIR MA MÈRE CHANGEAIT SON PANSEMENT DE GAZE SUR SES YEUX ET VÉRIFIAIT SES JAMBES.
LA NUIT, IL HURLAIT SOUVENT. ALORS CHRISTOPHER LE DESCENDAIT ET L'INSTALLAIT DANS SA CHAISE PRÈS DE LA FENÊTRE. IL RESTAIT LÀ TOUTE LA JOURNÉE. PARFOIS, ON LE VOYAIT ESSAYER DE SOULEVER ET D'ABAISSER SON CORPS. COMME S'IL SENTAIT ENCORE SES DEUX JAMBES.

LES MÉDECINS QUI VENAIENT À LA MAISON FAISAIENT PLEURER MA MÈRE MAIS LUCAS NE RÉAGISSAIT PAS.
PARFOIS, IL LEVAIT LES BRAS EN L'AIR COMME POUR SE DÉFENDRE.
NY
PARFOIS, JE LUI PARLAIS MAIS IL NE ME RÉPONDAIT PAS.
ET PUIS, SOUDAINEMENT, UN LUNDI, IL A DIT CETTE PHRASE.
NY
« TOUS LES TIGRES SONT MORTS. »

TOUS LES TIGRES
SONT MORTS.

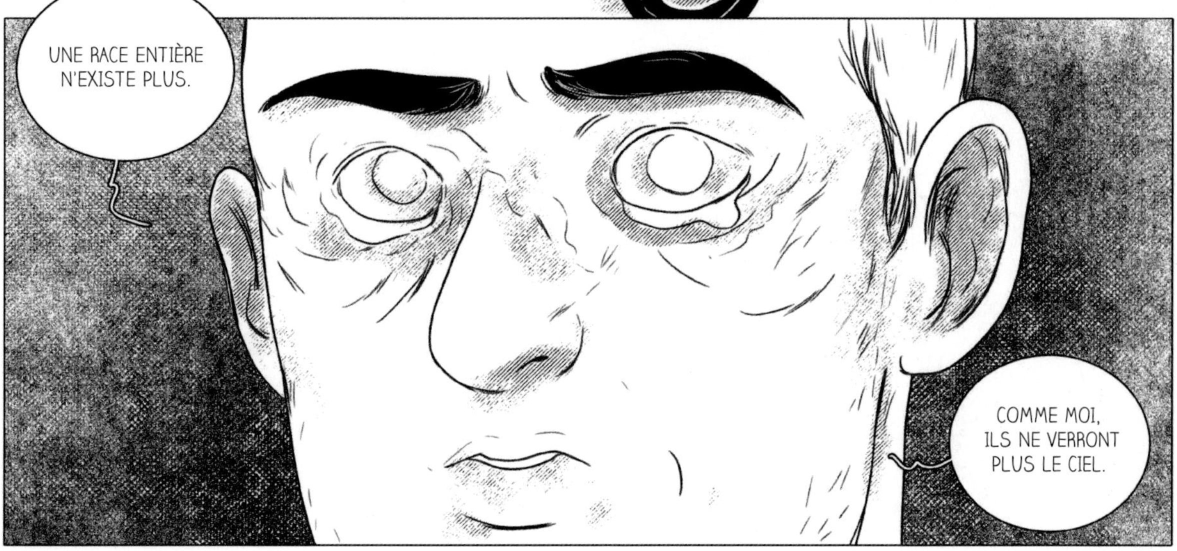
UNE RACE ENTIÈRE
N'EXISTE PLUS.
COMME MOI,
ILS NE VERRONT
PLUS LE CIEL.

COMME MOI, ILS AIMERAIENT N'AVOIR JAMAIS EXISTÉ.
JE VOUDRAIS MOURIR.

COMME VOUS POUVEZ VOUS EN DOUTER, CE NOËL N'A PAS VRAIMENT ÉTÉ HAHAHA !
MON PÈRE EST PARTI CHEZ ERNIE ECO, MA MÈRE A PLEURÉ.
VOUS M'AVEZ ENTENDU ?
DE TOUTE FAÇON, NOUS N'AVIONS PAS DE SAPIN.
PAS DE CADEAUX.
JE SUIS RESTÉ UN MOMENT AVEC LUCAS, PUIS IL S'EST ENDORMI.

STRIKE OUT (RETRAIT)

DOUG SWIETECK ?
LA CONQUÊTE DE LA LUNE.
LA CONQUÊTE DE LA LUNE.
MERCI, LIL SPICER. TOUT À FAIT, LA CONQUÊTE DE LA LUNE.
APOLLO 8 A ÉTÉ PLACÉ EN ORBITE AUTOUR DE LA LUNE ET IL EST DESCENDU À CENT DOUZE KILOMÈTRES DE LA SURFACE LUNAIRE.
DEPUIS LE DÉBUT DE LA CONSCIENCE HUMAINE, NOUS AVONS REGARDÉ LA LUNE...
EN NOUS DEMANDANT QUEL EFFET ÇA FERAIT DE MARCHER DESSUS.
CE SUR QUOI L'HOMME A RÉFLÉCHI PENDANT DES MILLIERS D'ANNÉES.
NOUS ALLONS POUVOIR ASSISTER À CE SPECTACLE À LA TÉLÉVISION.
C'EST NOTRE PREMIER PAS DANS LE SYSTÈME SOLAIRE.
PREMIER PAS DANS NOTRE GALAXIE.

ET ALORS ? QU'EST-CE QU'ILS VONT Y TROUVER ?
AH ! CHÈRE LILLY SPICER, TELLE EST LA QUESTION.
QUI SAIT ? À UNE ÉPOQUE OÙ L'ON N'A PAS L'IMPRESSION DE FAIRE BEAUCOUP DE PROGRÈS...
MARCHER SUR LA LUNE REPRÉSENTE UNE GIGANTESQUE POSSIBILITÉ.
ET ÇA, LILLY, C'EST PEUT-ÊTRE LA MEILLEURE RÉPONSE À VOTRE QUESTION.
ILS TROUVERONT SUR LA LUNE UNE POSSIBILITÉ.
LUCAS NE REMARCHERA JAMAIS. IL NE VERRA PAS L'ALUNISSAGE MAIS PEUT-ÊTRE Y TROUVERA-T-IL UNE POSSIBILITÉ. VOUS EN PENSEZ QUOI ?

HELLO.
QU'EST-CE QUE VOUS VOULEZ ?
NEIL PERRY !
RIEN.
MON FRÈRE EST RENTRÉ DU VIETNAM.
STEVEN MEEKS !
NON, IL N'EST PAS RENTRÉ...

PERSONNE NE RENTRE JAMAIS DU VIETNAM. PAS VRAIMENT.
TODD ANDERSON !
IL NE LIT PAS LES LETTRES QU'IL REÇOIT.
CHARLIE DALTON !
IL A BESOIN DE QUELQU'UN QUI SACHE À QUOI ÇA RESSEMBLAIT.
RICHARD CAMERON !
JE POURRAIS VOUS AIDER AVEC CES TESTS.
TOI ? UN COUP DE MAIN ?

JE POURRAIS INSCRIRE LES NOMS DES ÉLÈVES, LEUR NIVEAU DE DÉPART, LES PROGRÈS QU'ILS FONT, CE GENRE DE STATS.
GERARD PITTS !
POURQUOI CE COUP DE MAIN ?
QU'EST-CE QUE TU VEUX EN RETOUR, SWIETECK ?
VOUS VOULEZ QUE JE LE FASSE OU PAS ?
KNOX OVERSTREET !
NON.
OK.
ATTENDS UNE MINUTE...
JE VAIS Y RÉFLÉCHIR, OK ?
MONSIEUR, ON VA TOMBER MALADE.
QUI A DIT ÇA ?

CHAMP DROIT

IL Y AVAIT EU TELLEMENT DE NEIGE CET HIVER DANS LA STUPIDE MARYSVILLE QUE LA VILLE ÉTAIT À COURT D'ARGENT POUR PAYER LE SABLAGE, LE SALAGE ET LE DÉBLAYAGE.
LE CONSEIL MUNICIPAL S'ÉTAIT DONC RENDU À LA BIBLIOTHÈQUE COMME SI C'ÉTAIT UNE BANQUE.
C'EST COMME ÇA QUE L'AIGRETTE NEIGEUSE A ÉTÉ VENDUE... POUR PAYER DU SALAGE ET DU SABLAGE
SUR LES CENT PAGES DES OISEAUX D'AMÉRIQUE D'AUDUBON, IL EN MANQUE MAINTENANT CINQ. ET SI CETTE NEIGE CONTINUE...
CETTE STUPIDE MARYSVILLE VA TOUT VENDRE.

JANVIER ET FÉVRIER SE SONT PLUTÔT BIEN PASSÉS.
ZÉRO DÉFAITE, DOUZE EX AEQUO. ZÉRO VICTOIRE.
L'ENTRAÎNEUR ME LAISSAIT REMPLIR LES TESTS D'APTITUDE PENDANT SES HEURES DE COURS.
CE QUI ME PERMETTAIT D'AVOIR UN PROF DANS LA POCHE.
RIEN NE VAUT UN MARINE POUR SE PROTÉGER, NON ?
LE SAMEDI MATIN, CHEZ MADAME WINDERMERE, J'APPROFONDISSAIS LE ROYAUME DE LA LITTÉRATURE.
APRÈS MES LIVRAISONS, JE RETROUVAIS LILLY À LA BIBLIO.
DE LA NEIGE, TOUJOURS DE LA NEIGE.

BON, APRÈS, IL Y A LA MAISON. MA MÈRE PLEURAIT, MON PÈRE NE RENTRAIT PAS TOUS LES SOIRS. LUCAS NE DISAIT RIEN.
DU NOIR, TOUJOURS DU NOIR.
LUCAS...
ET QUAND IL PARLAIT, C'ÉTAIT TOUJOURS POUR JOUER AU CRÉTIN.
QUAND JE LUI AI PARLÉ DE LA CONQUÊTE DE LA LUNE ET DU FAIT QU'IL Y AURAIT UN JOUR DES EMPREINTES DE PAS HUMAINS SUR SA SURFACE, IL A DIT : JE PARIE QUE ÇA NE SERA PAS LES MIENNES.
MAMAN, J'AI FAIT UN DESSIN AVEC LILLY, TU VEUX LE VOIR ?
QUAND MA MÈRE M'A DEMANDÉ DE FONCER CHERCHER DU LAIT AU SPICER'S IL A DIT : « JE FONCERAIS BIEN À TA PLACE SAUF QUE J'AI PLUS DE JAMBES. »
WOW, MAGNIFIQUE. ET MOI, TU M'AS FAIT UN DESSIN ?

LA FERME, LUCAS !
QU'EST-CE QUE T'AS DIT ?
T'ES SOURD, EN PLUS ?
ÉCOUTE... PETIT FRÈRE.
J'ÉCOUTE.
J'AI EU LES JAMBES ARRACHÉES, AU CAS OÙ T'AURAIS OUBLIÉ.
COMMENT POURRAIS-JE L'OUBLIER ? TOUS LES JOURS TU TE PLAINS !
TU TE PLAINS COMME SI ON ÉTAIT RESPONSABLES !

DOUG...
T'ESSAIES MÊME PAS !
ESSAYER QUOI ?
TU CROIS QUE ÇA REPOUSSE ?
T'AS DEUX BRAS ! T'ÉTAIS CAPABLE DE ME PORTER, AVANT !
UN MOIS QUE TU N'AS PAS ENLEVÉ TON PANSEMENT SUR LE VISAGE !
LIFE
SUICIDE RAID ON THE EMBASSY
JE SUIS AVEUGLE !
QU'EST-CE QUE TU EN SAIS ? T'ESSAIES PAS ! T'ESSAIES PLUS !
TU VAS TROP LOIN, DOUGLAS.

QU'EST-CE QUE TU FAIS !!!!!!
DONNE-LE-MOI !
OUVRE LES YEUX !
JE...
...
JE CROIS QUE JE VOIS...

COMMENT VA TON FRÈRE ?
SES YEUX VONT MIEUX.
JE NE PARLE PAS DE ÇA.
IL RÊVE ET PLEURE BEAUCOUP.
WEAVER, 10.
HUM... MERCI DE M'AIDER À REMPLIR CES TESTS, SWIETECK.
VOUS RÊVEZ VOUS AUSSI ?
HUM...
7.
MOI, RÊVER ?
... IL Y AVAIT UN GAMIN PLUS JEUNE QUE VOUS...

UN VIEIL HOMME ET UNE FILLETTE, SANS DOUTE SA SŒUR, JE NE SAIS PAS.
ILS VIENNENT TOUTES LES NUITS.
VOUS PENSEZ QUE POUR LUCAS C'EST LA MÊME CHOSE ?
JE NE SAIS PAS...
PEUT-ÊTRE QU'ILS VEULENT QUE VOUS FASSIEZ QUELQUE CHOSE ?
PEUT-ÊTRE QU'ILS VEULENT QUE VOUS AIDIEZ QUELQU'UN ?
HUM... PEUT-ÊTRE, OUI...
JONATHAN !
DESCENDS DE LÀ, OU C'EST MOI QUI VAIS VENIR TE CHERCHER !

SWIETECK, IL PARAÎT QUE TU DESSINES À LA BIBLIOTHÈQUE ?
... QUE T'AIMES BIEN LES TRUCS D'AUDUBON.
COMMENT VOUS SAVEZ ÇA ?
OUI, DANS LE BUREAU DU PRINCIPAL.
TU SAIS, IL Y A DES PLANCHES QUI NE SONT PLUS DANS LE LIVRE.
NON, PAS CELLE-LÀ. J'EN AI UNE AUTRE CHEZ MOI QUI TRAÎNE DANS UN ROULEAU.
ON ME L'A OFFERTE QUAND JE SUIS RENTRÉ... ENFIN... REVENU DU VIETNAM.
UN OISEAU NOIR...
TU PARLES D'UNE IDÉE.
TU VOUDRAIS L'AVOIR ? MOI, J'EN FERAI JAMAIS RIEN...

Raven

LUCAS ?
LUCAS, RÉVEILLE-TOI.

QU'EST-CE QUE TU ME VEUX, DOUGLAS ?
TU SAIS, LES OISEAUX ? LES OISEAUX DONT JE PARLE SOUVENT.
TU VOUDRAIS LES VOIR ?
HUM... POURQUOI ?
IL VA FALLOIR QUE TU SORTES POUR LES VOIR, ÇA VA TE FAIRE DU BIEN !
MOI, SORTIR ? MAIS TU ES FOU ?
T'INQUIÈTE, AVEC CHRISTOPHER ON VA T'AIDER.
YEP.
SI TU ÉTEINS LE POST... JE VAIS TE...
... TE COURIR APRÈS ?
VOUS VOUS RAPPELEZ QUAND J'AI DIT QUE QUAND ÇA COMMENCE À BIEN SE PASSER, QUELQUE CHOSE VIENT GÉNÉRALEMENT TOUT FAIRE FOIRER ?

PEUT-ÊTRE QUE J'AVAIS TORT.
LIBRARY
LAISSEZ, JE VAIS LE PORTER.
BIENVENUE À LA MAISON, FILS.
MOI, LE GAMIN DE BROOKLYN, JE REMETTAIS UN JAMES AUDUBON DANS SON LIVRE ORIGINEL.
QUAND ÊTES-VOUS RENTRÉ ? OÙ ÉTIEZ-VOUS BASÉ ?
...
MOI, J'ÉTAIS PRÈS DE SAÏGON, ET VOUS ?
...

VOS FRÈRES SONT CONTENTS QUE VOUS SOYEZ RENTRÉ À LA MAISON.
...
C'EST LA CLASSE, NON ?
LE MIEN N'EST PAS RENTRÉ. ET NE RENTRERA PAS.
... C'EST PAS DONNÉ À TOUT LE MONDE DE RETROUVER LES GENS QU'ON A ENVIE DE REVOIR.
JE SUPPOSE QUE J'AI DE LA CHANCE.
...
JE SUIS DÉSOLÉ POUR VOTRE FRÈRE.

LANCEUR

T'ÉTAIS OÙ ?
JE NE SUIS PAS ALLÉ PRÈS DE CETTE QUINCAILLERIE !
T'AS PERDU UNE PÉDALE ?
JE L'AI PERDUE IL Y A QUELQUES JOURS.
OÙ EST-CE QUE TU L'AS PERDUE ?
VOUS ÊTES MARRANTS ! SI JE LE SAVAIS, EH BIEN, ELLE NE SERAIT PLUS PERDUE.
CHRIS ! VAS-Y DOUCEMENT.
C'EST MARRANT ÇA...
DEVINE CE QU'ON A RETROUVÉ PRÈS DE LA QUINCAILLERIE ?

ALLEZ, ÇA SUFFIT ! TU VIENS AVEC NOUS.
MAIS... C'EST PAS MOI, JE VOUS LE JURE !
NE ME TOUCHEZ PAS !
LÂCHEZ-MOI !
VA CHERCHER PAPA, DOUG !

IL A FALLU CINQ HEURES POUR QUE CHRISTOPHER SOIT LIBÉRÉ SOUS CAUTION.
ON A RELEVÉ SES EMPREINTES DIGITALES, ON L'A PRIS EN PHOTO.
UN POLICIER A TENTÉ DE LE FAIRE AVOUER, MAIS IL A CONTINUÉ À DIRE QUE CE N'ÉTAIT PAS LUI.
UN SERGENT A DIT QU'IL Y AURAIT UNE COMPARUTION DEVANT UN JUGE.
LE LENDEMAIN ET LE SURLENDEMAIN, JE SUIS ARRIVÉ EN RETARD À L'ÉCOLE.
LE PRINCIPAL, MR PEATTIE, M'ATTENDAIT DEVANT LA CLASSE.
SUPER.

ALORS, C'EST REPARTI POUR UN TOUR AVEC VOS VIEILLES ÂNERIES ?
VOUS AVEZ SÉCHÉ PLUSIEURS COURS, VOUS ARRIVEZ EN RETARD...
SWIETECK, EST-CE QUE VOUS COMPRENEZ QUE TOUTE ACTION A DES CONSÉQUENCES ?
VOUS AVEZ REMARQUÉ QUE LE BEC DU PÉLICAN FAIT À PEU PRÈS LA MÊME TAILLE QUE SON CORPS ?
VOUS ME COMPRENEZ ?
TROIS RETENUES APRÈS LES HEURES DE CLASSE.
OUI.
HUM... DOUGLAS. VOUS ALLEZ BIEN ?
OUI.

C'EST À CAUSE DE VOTRE FRÈRE ?
SI VOUS CHERCHIEZ À DESSINER LE PÉLICAN BRUN, SANS MENTIR, CE NE SERAIT PAS ÉVIDENT. IL Y A GENRE NEUF OU DIX RANGÉES DE PLUMES.
SI VOUS NE ME REGARDEZ PAS... ON NE VA PAS Y ARRIVER !
MON FRÈRE N'A RIEN FAIT.
VOTRE FRÈRE A VOLÉ DE LA MARCHANDISE DANS UNE QUINCAILLERIE ET C'EST À PEU PRÈS SÛR QUE C'EST LUI AUSSI POUR LE SPICER'S DELI DE L'AUTOMNE DERNIER.
VOUS N'EN SAVEZ RIEN.
PLUS TÔT VOUS ADMETTREZ LE FAIT QUE VOTRE FRÈRE EST UN...
VOICI UN « VRAI FAIT », MONSIEUR LE PRINCIPAL.
CETTE PLANCHE D'AUDUBON N'A RIEN À FAIRE DANS VOTRE BUREAU.
MON PÉLICAN ?

CETTE PLANCHE M'A ÉTÉ OFFERTE PAR LE COMITÉ DE L'ÉDUCATION NATIONALE. ELLE N'A PAS ÉTÉ VOLÉE !
ÇA N'A RIEN À VOIR AVEC NOTRE SUJET.
ÇA A TOUT À VOIR...
JE NE VOUS SUIS PAS, SWIETECK.
J'AI UNE IDÉE... QUAND LA POLICE DÉCOUVRIRA QUI EST VRAIMENT LE VOLEUR, QUI N'EST PAS MON FRÈRE...
VOUS DEVREZ RENDRE L'OISEAU À LA BIBLIOTHÈQUE.
...
CONNAISSEZ-VOUS LE PRIX D'UNE DE CES PLANCHES ?
...
HUM... MAIS, METTONS... VOUS PENSEZ VRAIMENT QUE CE N'EST PAS LUI ?
CE N'EST PAS LUI.
VOUS ÊTES D'ACCORD AVEC CE DEAL ?
BON, D'ACCORD. MAIS EN PLUS, VOUS DEVEZ ME PROMETTRE D'ASSISTER À TOUS VOS COURS ET DE NE PLUS JAMAIS ÊTRE EN RETARD JUSQU'À LA FIN DE L'ANNÉE. DEAL ?
DEAL, MONSIEUR LE PRINCIPAL...
PARFAIT, SWIETECK... ET N'OUBLIEZ PAS VOS HEURES DE COLLE !

TIENS ! MON PARTENAIRE !
T'AURAIS LE TEMPS POUR QUELQUES LANCERS DE FERS ?
MONSIEUR BALLARD ?
HUM... DÉSOLÉ MAIS JE NE SUIS PAS D'HUMEUR À JOUER.
LES FERS, ÇA AIDE TOUJOURS À AVOIR LES IDÉES CLAIRES.
ET EN PLUS, J'AI RETROUVÉ UN TRUC POUR TOI, ÇA VA T'INTÉRESSER.
JE SUIS TOUJOURS AUSSI NUL !
HAHA ! OUAIS, NUL MAIS AVEC STYLE.
SUPER.

J'AI APPRIS, POUR TES FRÈRES. NE T'INQUIÈTE PAS, LES CHOSES VONT S'ARRANGER.
LES CHOSES S'ARRANGENT TOUJOURS.
D'AILLEURS, DOUGLAS, N'OUBLIE PAS QUE SI TU AS BESOIN DE TRAVAIL, LA PORTE DE MON USINE TE SERA TOUJOURS OUVERTE. OK ?
OK...
AH ! ET J'ALLAIS OUBLIER... CETTE VIEILLE VESTE EST POUR TOI SI TU LA VEUX.
COMME TU LE SAIS, JE N'AI JAMAIS ÉTÉ TRÈS BASEBALL...
YANKEES
T'AS L'AIR TRISTE.
VOUS RIGOLEZ ?
T'AIMES PLUS LES YANKEES ?

T'ES EN RETARD, T'AS OUBLIÉ LE DEVOIR SUR LA NOUVELLE-ZÉLANDE ?
JE SUIS PAS IDIOT !
OÙ AS-TU EU CE SWEAT ?
NE SUIS-JE PAS MAGNIFIQUE ?
SI... COMME UN VRAI JOUEUR DE BABALLE.
TU N'AS AUCUN GOÛT !
...
ÇA VA, LILLY ?
C'EST RIEN. J'AI JUSTE MAL AU VENTRE.
UN TRUC DE FILLE ?
TU CONNAIS DES TRUCS DE FILLE, TOI ?

IL EST OÙ ?
IL EST TEMPS, JE CROIS, QUE JE TROUVE DU TRAVAIL.
IL EST OÙ ?
PERSONNE NE TE DONNERA DU TRAVAIL !
LAISSE-MOI ESSAYER, OK ? LAISSE-MOI LE MÉRITE D'AVOIR ESSAYÉ.
IL EST OÙ ?
OÙ QUOI, DOUGGY ?
MON BLOUSON ?
QUEL BLOUSON ?
LE BLOUSON DES YANKEES QUE J'AI EU AVANT-HIER !!!
PAS VU.

ÇA NE PEUT PAS ÊTRE CHRISTOPHER !
ARRÊTE DE BEUGLER ET PRENDS TON PETIT DÉJEUNER.
CRUNCH.
J'AI PAS LE TEMPS, FAUT QUE JE FILE À L'ÉCOLE !
JE CROIS QUE JE SAIS OÙ EST TON BLOUSON.
OÙ ? OÙ ÇA ?
ERNIE ECO ?
J'AI VU L'AMI DE PAPA PARTIR AVEC TA VESTE HIER SOIR.
QUOI, ERNIE ECO ?
C'EST LUI.
QU'EST-CE QUE TU RACONTES ?
TU DIS N'IMPORTE QUOI !
JE T'AI VU LA LUI DONNER.
MON GARS, C'EST PAS PARCE QUE T'ES EN CHAISE ROULANTE QUE JE VAIS PAS T'EN FOUTRE UNE.
JE LUI AI RIEN DONNÉ À ERNIE, OK ?

IL FAUT TROUVER QUI A FAIT ÇA...
VOUS NE PENSEZ PAS QUE ÇA POURRAIT ÊTRE PAPA ?
IL NE TE LAISSERAIT QUAND MÊME PAS ALLER EN PRISON...
QU'EST-CE QUE TU EN SAIS ?
T'ES PARTI DEPUIS UNE ÉTERNITÉ.
ERNIE ECO A MON BLOUSON.
GRANDIS UN PEU, DOUGLAS, ON S'EN FOUT DE TON BLOUSON.
NON, ATTENDS, IL A PEUT-ÊTRE RAISON.
PAPA ET ERNIE EN ONT FAIT DES CONNERIES.
J'ÉTAIS LÀ... J'EN AI MÊME FAIT AVEC EUX.
PAPA AURAIT PRIS MON VÉLO POUR BRAQUER UNE ÉPICERIE ?

IL BOIT BEAUCOUP CES TEMPS-CI...
PFF... DE LÀ, À FAIRE DU VÉLO...
CHRIS, TU AS DIT QUELQUE CHOSE AUX FLICS ?
RIEN.
SÉRIEUX ?
SÉRIEUX, COMME TU M'AS APPRIS.
T'ES SÛR ?
EH, JE NE SUIS PAS UN IDIOT, OK ? JE LEUR AI DIT D'ALLER SE COUCHER. J'AI RIEN FAIT !

RECEVEUR

LILLY, TU VEUX BIEN M'AIDER ? J'Y ARRIVERAI PAS TOUT SEUL, CHEZ MME WINDERMERE.
YOP !
ELLE A COMMANDÉ QUOI ?
BEAUCOUP TROP DE GLACE.
IL FAIT HUIT DEGRÉS ! Y A BIEN QUE LES ARTISTES POUR MANGER DE LA GLACE PAR CE TEMPS.
TU LUI AS DÉJÀ DIT POUR LE FLAMANT ROSE ?
HUM... J'ATTENDS L'OCCASION. JE NE SAIS PAS ENCORE COMMENT LA PERSUADER QU'IL DOIT RETOURNER À LA BIBLIOTHÈQUE.

LIVREUR MAIGRICHON !
VOUS NE PENSEZ PAS QUE VOUS POURRIEZ PEUT-ÊTRE M'APPELER AUTREMENT ?
NON, POURQUOI ? HAAAA... JE VOIS, TU ES AVEC TA PETITE AMIE.
SUPER.
NON, ON EST JUSTE AMIS ! JE M'APPELLE LILLIAN SPICER.
AH, UNE SPICER ! TU TROUVES PAS QUE TON PÈRE ME FAIT PAYER...
... UN PEU CHER ?
LILLY, QU'EST-CE QUI SE PASSE ?
PARDON, JE...
LILLY !

ÇA VA... JE VAIS BIEN, C'EST JUSTE UN TRUC DE FILLE.
UN TRUC DE FILLE ? DEPUIS QUAND LES FILLES TOMBENT DANS LES POMMES COMME ÇA ?
AIDE-MOI, DOUGLAS, ON VA LA METTRE SUR LE CANAPÉ.

OH !
TU ME RACCOMPAGNES, DOUGLAS ?
OUI, OUI, BIEN SÛR... ET ALORS QUOI ?
J'EN AI PARLÉ AVEC ELLE... IL FAUDRAIT QUE TU LUI PROUVES QUE VOS SÉANCES DE LECTURE ONT ÉTÉ UTILES.
TU DEVRAIS LUI ÉCRIRE UNE BELLE LETTRE.
JE NE PARLE PAS DU FLAMANT ROSE. JE PARLE DE TOI !
MOI ? ÇA VA MIEUX !
OH NON ! LA GLACE DOIT ÊTRE TOUTE FONDUE !

FIN AVRIL, LUCAS A TROUVÉ TROIS BOULOTS STUPIDES.
ET A ÉTÉ VIRÉ DES TROIS.
LA PREMIÈRE FOIS, C'ÉTAIT À LA STATION-SERVICE GULF. ÇA AVAIT PLUTÔT BIEN COMMENCÉ, PUIS IL A PLU TROIS JOURS DE SUITE.
LUCAS ÉTAIT TREMPÉ TOUTE LA JOURNÉE.
ALORS, QUAND LE PATRON A VU UN DE SES FIDÈLES CLIENTS ALLER À LA STATION D'EN FACE, IL LUI A DEMANDÉ POURQUOI.
IL LUI A RÉPONDU QU'IL NE SUPPORTAIT PAS DE VOIR UN TYPE SANS JAMBES SOUS LA PLUIE METTRE TROIS MINUTES DE PLUS QUE D'HABITUDE POUR FAIRE UN PLEIN.

LA DEUXIÈME FOIS À LA SUPÉRETTE A&P, LUCAS A ÉTÉ OBLIGÉ DE RANGER DES ORANGES SUR UN ÉTALAGE BEAUCOUP TROP HAUT POUR LUI.
IL S'EST AGRIPPÉ À CE FOUTU REBORD. L'ÉTALAGE N'A PAS TENU.
VINGT KILOS D'ORANGES ONT PARCOURU TOUT LE MAGASIN.
JERRY GROTE
Catcher
ED CHARLES
LA TROISIÈME FOIS, À LA BANQUE, MME BISCHOFF, QUE JE CONNAIS BIEN CAR JE LUI LIVRE DU SAUCISSON TOUS LES SAMEDIS, EST VENUE DÉPOSER TROIS CHÈQUES ET ENCAISSER LE QUATRIÈME...
Rosie
ET LUCAS A ENCAISSÉ LE MAUVAIS.
ELLE S'EST PLAINTE SI FORT QU'ELLE NE VOULAIT PAS ÊTRE SERVIE PAR DES GENS DE SON ESPÈCE ET QU'ELLE SAVAIT CE QUE LES SOLDATS FAISAIENT AU VIETNAM, QUE LE DIRECTEUR N'A PAS EU LE CHOIX...

JE PENSE QU'IL N'A PAS VRAIMENT VIRÉ LUCAS. JE PENSE QU'IL A DÉMISSIONNÉ.
CE SOIR-LÀ, DANS LA NUIT, JE L'AI ENTENDU PLEURER POUR LA PREMIÈRE FOIS DEPUIS BIEN LONGTEMPS.
SI MME BISCHOFF AVAIT ÉTÉ LÀ, JE LUI AURAIS MIS MON POING DANS LA FIGURE.

LIL SPICER, LE PEU DE BIOLOGIE QUE JE CONNAIS ME FAIT DIRE QUE NI LA MATIÈRE DE LA GOMME,
NI LE MÉTAL DE L'EMBOUT, NI LE BOIS DU CORPS DU CRAYON, NI LA MINE À L'INTÉRIEUR...
... NE FERONT DU BIEN À VOTRE SYSTÈME DIGESTIF.
JE PEUX PAS M'EN EMPÊCHER.
HUM, D'AILLEURS, J'ATTENDS TOUJOURS VOTRE DEVOIR.
JE...
ON EN PARLERA APRÈS LES COURS.
IL Y A QUELQUES JOURS APOLLO 10 EST DESCENDU À QUINZE KILOMÈTRES SIX DE LA SURFACE LUNAIRE AFIN DE S'ENTRAÎNER POUR L'ALUNISSAGE.
LES ASTRONAUTES ONT DÉCRIT LA TERRE COMME UN MINUSCULE BALLON.

UN BALLON DE BASKET BLEU, BRUN ET BLANC SUSPENDU...
DANS LE VIDE...
LILLY !
RESTEZ ASSIS, TOUT LE MONDE.
VENEZ AVEC MOI, MISS LILLY.
DOUGLAS, OUVRE LA PORTE !
PARDON... JE...

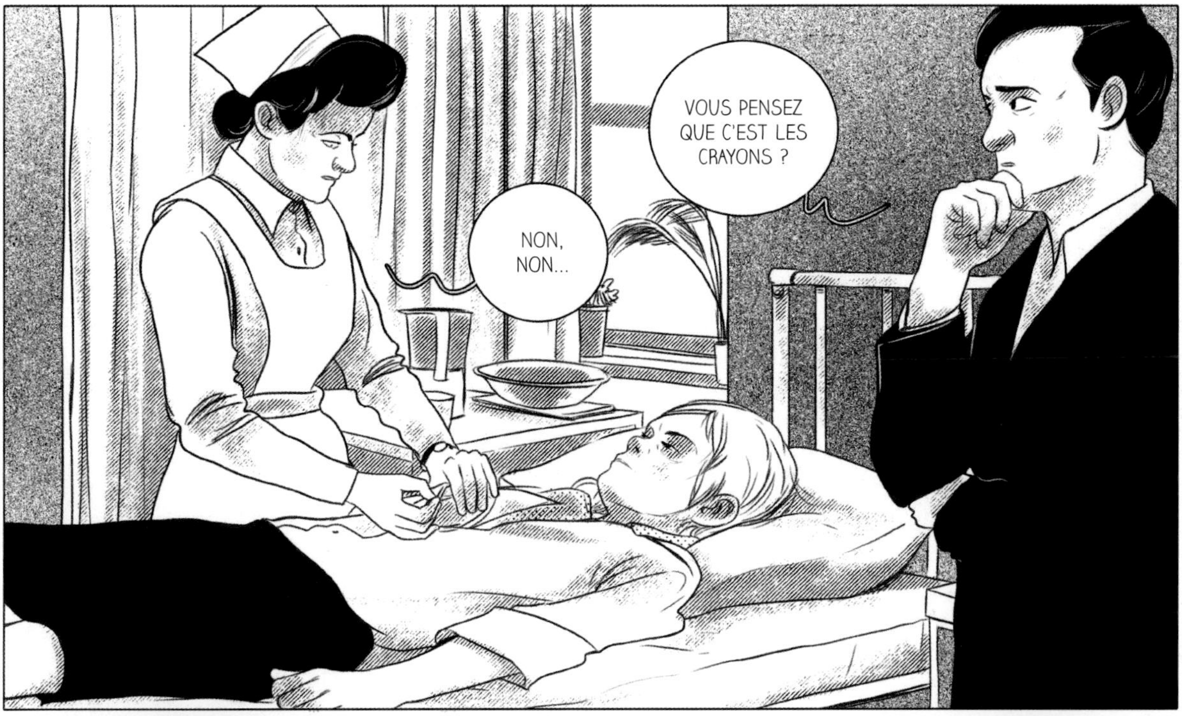
VOUS PENSEZ QUE C'EST LES CRAYONS ?
NON, NON...

IL FAUT L'EMMENER À L'HÔPITAL IMMÉDIATEMENT.

HEY, DOUGGY, ÇA FAIT UN BAIL ! TU JOUES ?
TU VOIS PAS QUE J'ÉCRIS UNE LETTRE.
MONSIEUR SE LA JOUE INTELLECTUEL ?
HUM...
ÇA N'A RIEN À VOIR...

ALLEZ, VIENS JOUER.
À QUOI BON ?
ÇA TE FERA DU BIEN, TU VERRAS !
TU N'EXISTES PAS, JOE...
TU N'EXISTES PLUS...
JE SUIS SEUL.
JE SUIS TOUT SEUL.

topps
BASE-
BALL
PICTURE CARDS
TEN
PACK!
10 cards 10¢
WITH 1 STICK
BUBBLE GUM

SUPPORTERS

VOICI LES STATS QUE LES MÉDECINS ONT DONNÉES À MR ET MME SPICER :
RICE KRISPIES
UNE SUR QUATRE...
UNE SUR QUATRE.
C'EST LA DERNIÈRE STAT QUE JE VOUS DONNE PARCE QUE ÇA RIME À QUOI ?
ÇA RIME À QUOI ?
LES STATS NE VEULENT RIEN DIRE.
GENERAL MERCHANDISE
CAFE
CHAQUE FOIS QUE JOE PEPITONE VA VERS LE MARBRE, C'EST NOUVEAU.
PEU IMPORTE QU'IL AIT FRAPPÉ CINQ CENTS COUPS DE CIRCUIT.
C'EST QUELQUE CHOSE DE NOUVEAU.
ET PERSONNE NE PEUT PRÉDIRE CE QUI VA SE PASSER.

SAUF QU'IL S'AGIT DE JOE PEPITONE, IL VA FAIRE SON POSSIBLE, IL NE VA PAS SE LAISSER ABATTRE.
IL VA LIVRER BATAILLE JUSQU'AU BOUT. IL EST SOUTENU PAS SES COÉQUIPIERS.
ET SANS EUX, JOE N'A AUCUNE CHANCE DE GAGNER.
LES STATS DE JOE SONT LES SIENNES CAR SON ÉQUIPE EST DERRIÈRE LUI.
JE PEUX LE FAIRE.
C'EST LIL QUI FAIT ÇA D'HABITUDE.
LES STATS NE VEULENT RIEN DIRE.
JE SAIS.
DOUGLAS... JE VAIS DEVOIR... ME PASSER DE TOI.
LES FACTURES D'HÔPITAL, TU N'IMAGINES PAS CE QUE ÇA VA COÛTER.
LAISSEZ-MOI VOUS AIDER... J'AI RIEN D'AUTRE À FAIRE LE SAMEDI.

J'AI COMMANDÉ QUEL...
ET SI ON LA MANGEAIT ENSEMBLE, CETTE GLACE ?

J'AI PENSÉ... J'AI PENSÉ QUE TU POURRAIS LUI FAIRE UN DESSIN ?
À QUOI BON DESSINER ?
ET PUIS... QU'EST-CE QUE JE LUI DESSINERAIS ?
À QUOI BON DESSINER ?
DOUGLAS, ELLE A BESOIN DE TOI.
FAIS-LA SOURIRE. CE QUE TU SAIS FAIRE DE MIEUX.
JE LUI DESSINE UN OISEAU ? UN OISEAU D'AUDUBON ?
UN OISEAU SI TU VEUX.
DESSINE-LUI L'OISEAU DE TON CHOIX.
JE T'APPORTE UN GUIDE ORNITHOLOGIQUE AVEC PLEIN DE PHOTOS.
14 AILES DU SAUVAGE
II
COMMENT UN OISEAU OBTIENT SA NOURRITURE
LES OISEAUX SE RÉPARTISSENT EN DEUX CATÉGORIES EN FONCTION DE LEUR RÉGIME ALIMENTAIRE : LES GRANIVORES ET LES INSECTIVORES. LES GRANIVORES ONT UN BEC COURT ET SOLIDE, QUI LEUR PERMET DE DÉCORTIQUER LES GRAINES OU DE BRISER LES GROS MORCEAUX DE NOURRITURE. LES MOINEAUX ET LES PINSONS SONT DES REPRÉSENTANTS DE CETTE CATÉGORIE. LES INSECTIVORES ONT UN BEC LONG, POINTU, FRAGILE ET ILS DOIVENT AVALER LES MORCEAUX QUE LEUR BEC NE PEUT ABSORBER. ILS SE NOURRISSENT D'INSECTES, DE LIMACES, D'ARAIGNÉES, DE BAIES ET DE PETITES GRAINES SÈCHES. LE MERLE, L'ÉTOURNEAU SANSONNET, LE ROUGE-GORGE, LE TROGLODYTE MIGNON ET L'ACCENTEUR MOUCHET SONT DES MANGEURS DE NOURRITURE MOLLE. UN CERTAIN NOMBRE D'ESPÈCES D'OISEAUX INSECTIVORE QUI NE MIGRENT PAS L'HIVER, MANGENT ALORS ÉGALEMENT DES GRAINES PENDANT CETTE PÉRIODE PENDANT LAQUELLE LES INSECTES SE FONT TRÈS RARES. LE CHOIX DES ALIMENTS DÉPEND NON SEULEMENT DE LA FORME DU BEC, MAIS ÉGALEMENT DES PATTES ET DE L'APTITUDE À EFFECTUER TEL OU TEL MOUVEMENT.
RENCONTREZ LE CORBEAU RUSÉ LE PLUS INTELLIGENT DE TOUS NOS OISEAUX.
LE MARTIN PÊCHEUR !

HAHA,
IL A UNE DRÔLE DE TÊTE, QUAND MÊME. TU ES SÛR QU'IL EST VRAIMENT COMME ÇA ?
JURÉ CRACHÉ !

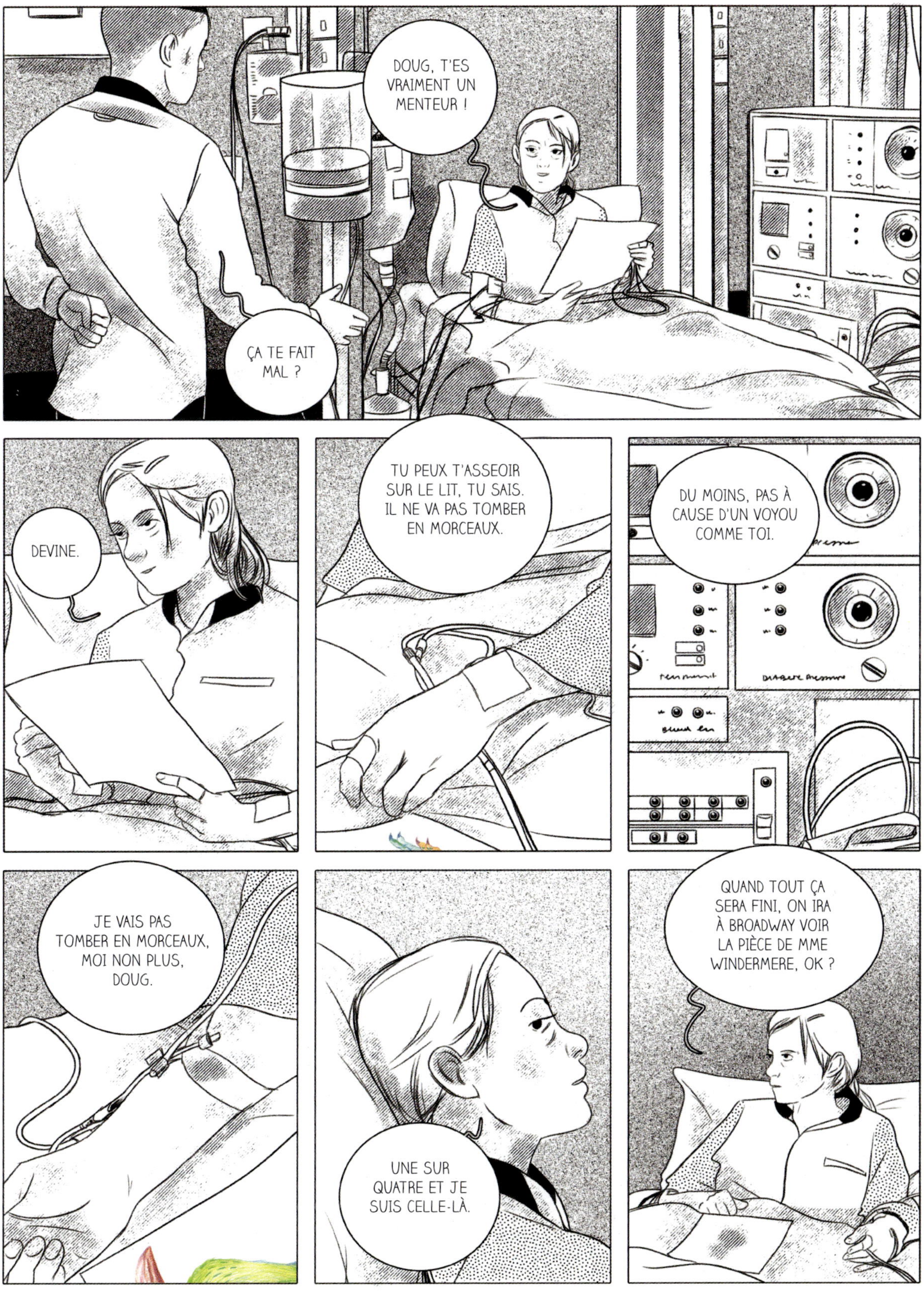
DOUG, T'ES VRAIMENT UN MENTEUR !
ÇA TE FAIT MAL ?
DEVINE.
TU PEUX T'ASSEOIR SUR LE LIT, TU SAIS. IL NE VA PAS TOMBER EN MORCEAUX.
DU MOINS, PAS À CAUSE D'UN VOYOU COMME TOI.
JE VAIS PAS TOMBER EN MORCEAUX, MOI NON PLUS, DOUG.
UNE SUR QUATRE ET JE SUIS CELLE-LÀ.
QUAND TOUT ÇA SERA FINI, ON IRA À BROADWAY VOIR LA PIÈCE DE MME WINDERMERE, OK ?

ET ENSUITE, ON IRA AU SOMMET DE L'EMPIRE STATE BUILDING.
ET APRÈS ÇA, ON IRA VOIR LES DINOSAURES AU MUSÉUM D'HISTOIRE NATURELLE.
ON IRA SE BALADER SUR LA CINQUIÈME AVENUE COMME SI ELLE ÉTAIT À NOUS.
RESTE, S'IL TE PLAÎT.
JUSTE QUELQUES MINUTES ENCORE.
APRÈS, ON IRA À CENTRAL PARK, TU POURRAS DESSINER LES GENS ET LES FAIRE PAYER CINQ DOLLARS LE DESSIN.
ON MANGERA DANS UN RESTO FRANÇAIS...
UN JOUR, J'IRAI VIVRE À NEW YORK.
NY ?

JE SUIS PLUTÔT HEUREUX À MARYSVILLE.
TOI ?...
T'ES VRAIMENT UN CRÉTIN...
TU VEUX BIEN VENIR CONTRE MOI ? JE VAIS M'ENDORMIR...
DOUG... J'ESPÈRE QUE JE SUIS LA UNE SUR QUATRE....
TU L'ES, LILLY.
QUI DIT ÇA ?

LES STATS NE VEULENT RIEN DIRE, LIL.
D'ACCORD.

QU'EST-CE QUE VOUS FAITES LÀ ?
AH ! DOUGLAS ! HUM, JE VIENS VOIR MA MAMAN.

J'EXPLIQUAIS AUSSI À TON FRÈRE QU'IL SERAIT PARFAIT POUR TE REMPLACER.
ET QU'IL FERAIT UN BON COACH SPORTIF.
TRÈS DRÔLE.
VRAIMENT TRÈS DRÔLE.
VOUS DEVRIEZ MONTER SUR SCÈNE. VOUS POURRIEZ GAGNER VOTRE VIE EN RACONTANT DES BLAGUES SUR DES MECS QUI N'ONT PLUS DE JAMBES.
CLAP
ELLES SONT MOINS DRÔLES QUE CELLES SUR LES MECS QUI N'ONT PLUS DE BRAS...
MAIS QUI SAIT ?
JE NE PLAISANTE PAS, LUCAS.
TU FERAIS UN EXCELLENT COACH.

COMMENT VOUS LE SAVEZ ?
JE T'AI VU EN VILLE... TE DÉPLACER PARTOUT ALORS QUE RIEN N'EST FAIT POUR TOI.
TU ES UN ATHLÈTE.
J'AI L'IMPRESSION QUE TU POURRAIS FAIRE UNE TONNE DE CHOSES DONT TU N'AS PAS IDÉE.
ET PUIS, MOI AUSSI J'Y ÉTAIS. JE SAIS CE QUE C'EST. ALORS SI ON NE S'ENTRAIDE PLUS, QU'EST-CE QUI NOUS RESTE ?
LUNDI MATIN SEPT HEURES, ON ATTAQUE LE DERNIER MODULE D'APPRENTISSAGE DU BASKET.
SI T'ES LÀ, LE BOULOT EST À TOI, LUCAS.
BON, EN ROUTE LES PIPELETTES, FAUT QUE JE RENDE LE TAS DE FERRAILLE À LESTER SHANNON.
JE NE VAIS PAS PRENDRE UN BOULOT QUE JE NE PEUX PAS ASSURER.
T'AS RAISON, JE CROIS PAS QUE TU PUISSES GÉRER ÇA.

TU DESSINES VRAIMENT BIEN.
C'EST POUR LIL.
C'EST UN OISEAU D'AUDUBON.
ON DIRAIT QU'IL S'ENVOLE DE LA PAGE.
IL EST EN TRAIN DE TOMBER DANS L'EAU.
NON, NON. IL VA OÙ IL VEUT ALLER.
IL VA OÙ IL VEUT ALLER.

VOUS SAVEZ CE QUE MR POWELL M'A APPRIS ? IL M'A APPRIS QUE PARFOIS L'ART PEUT VOUS FAIRE OUBLIER TOUT CE QUI EST AUTOUR DE VOUS.

MON PÈRE ÉTAIT RENTRÉ APRÈS DEUX SEMAINES DE DISPARITION.
JE N'AVAIS PLUS ENTENDU SA VOIX DEPUIS QU'IL AVAIT DONNÉ MON BLOUSON À ERNIE ECO.
ON M'APPELLE « MONSIEUR L'ENTRAÎNEUR SWIETECK ».
VOUS IMAGINEZ ÇA ?
MÊME SI TU PEUX PAS TIRER UN LANCER FRANC VALABLE ?
SOIXANTE-QUINZE POUR CENT DE RÉUSSITE, PAS MAL, NON ?
TU VEUX DIRE DANS TES RÊVES ?
CHRIS, POURQUOI TU N'OUVRES PAS LA BOUCHE ET TU REGARDES EN L'AIR.
HISTOIRE DE VOIR LE NOMBRE DE CAROTTES QUE J'ARRIVE À METTRE DEPUIS MA PLACE DANS TA BOUCHE.

LUCAS !
ÇA VA, MAMAN... JE NE VAIS PAS LE FAIRE. MAIS IMAGINE : POUR UNE FOIS, IL MANGERAIT MINIMUM SOIXANTE-QUINZE POUR CENT DE LÉGUMES !
HAHAHA HAHAHA !
APPORTE LA SUITE, AU LIEU DE RIGOLER.
AUCUN DE NOUS NE PARLAIT DE LA COMPARUTION.

AUCUN D'ENTRE NOUS NE PARLAIT DE CE QUI POURRAIT ARRIVER.
PERSONNE N'AVAIT PRONONCÉ LE MOT PRISON.
TU SAIS QU'IL EST INNOCENT.
OUI.
ALORS TOUT VA S'ARRANGER.
MERCI, JUGE SPICER.
DOUGLAS, NE SOIS PAS DÉPRIMÉ !
T'AS INTÉRÊT À ME FAIRE RIRE, SINON C'EST TOI QUI VAS MANGER CETTE SOUPE !

DOUGLAS, RÉVEILLE-TOI. TOUT DE SUITE.
QUOI ?
QU'EST-CE QUI SE PASSE ?
SALON.
ALLUME PAS, DOUG, JE NE VEUX PAS RÉVEILLER MAMAN.
BALANCE.
C'EST PAPA... C'EST PAPA ET ERNIE ECO.
JE LES AI SUIVIS... J'AI VU LEUR PLANQUE... C'EST UNE GRANGE JUSTE EN DEHORS DE LA VILLE. TOUT LE MATOS QU'ILS ONT VOLÉ Y EST.
JE VOULAIS PRÉVENIR LA POLICE MAIS...
JE DOIS FAIRE QUOI ?
LE SALAUD...
IL FAUT PRÉVENIR MAMAN...

NON. ELLE A ASSEZ DE PROBLÈMES COMME ÇA.
TU AS RAISON, IL VAUT MIEUX QU'ELLE NE SACHE RIEN.
J'AI LA CAISSE DE LESTER, ON Y VA QUAND VOUS VOULEZ.
PAS CE SOIR, IL DOIT ÊTRE ENCORE SAOUL.
DEMAIN MATIN... ON Y VA TOUS LES TROIS À LA PREMIÈRE HEURE.
DOUGLAS, TU PRENDRAS TA BATTE. MAINTENANT QU'ON SAIT DE QUOI IL EST CAPABLE...
BON, PARLONS D'UN PLAN.

RÉVEILLEZ-VOUS...
RÉVEILLE-TOI !
HUM...
QU'EST-CE QUE VOUS FAITES ICI ?
TU... TU... M'AURAIS LAISSÉ ALLER EN PRISON ?
QU'EST-CE QUE TU RACONTES...
SÉRIEUSEMENT ? POUR UNE FOIS ? T'ES PRIS LA MAIN DANS LE SAC ET TU JOUES ENCORE AU MALIN.
QU'EST-CE QUE TU VIENS DE DIRE !?
TU CROIS QU'ON A PEUR DE TOI ?
VIENS ICI, TOI !

ON N'IRA
NULLE PART...
ON N'IRA
NULLE PART...
QU'EST-CE QU'IL
VA FAIRE, LE FILS
À SA MAMAN, AVEC
SA BABATTE ?
POSE-LA,
TOUT DE
SUITE !
TAISEZ-VOUS !

TU CROIS QU'ON EST COMME TOI ?
TU CROIS QU'ON VEUT FINIR COMME TOI ?

EH ! LES MÔMES, ON SE CALME, OK ?
VOUS ÊTES FOUS !
QUOI ? POURQUOI JE PARTIRAIS ? HEIN ?
TU DEVRAIS PARTIR EN COURANT AVEC TON LARBIN...

POURQUOI ?
PARCE QU'ENTRE CHRISTOPHER ET TOI, LE CHOIX A ÉTÉ FAIT...

VOUS N'AVEZ...
VOUS N'AVEZ QUAND MÊME PAS APPELÉ LA POLICE ?

SI.
ET ILS VONT BIEN SE RENDRE COMPTE QUE CHRISTOPHER N'A PAS PU VOLER TOUT ÇA...

VOUS N'AVEZ PAS OSÉ ?
TU L'AURAIS LAISSÉ ALLER EN PRISON À TA PLACE... QUEL PÈRE FAIT ÇA ?
MEEEERDE ! V'LA LES FLICS !
COMMENT AS-TU PU...
ON NE VEUT PLUS JAMAIS TE VOIR.
ON PRENDRA SOIN DE MAMAN.
VOUS ÊTES FOUS.

LES INSPECTEURS ONT TOUT DE SUITE COMPRIS QUE CHRISTOPHER N'ÉTAIT PAS COUPABLE.
UN MANDAT D'ARRÊT A ÉTÉ DÉLIVRÉ POUR RETROUVER MON PÈRE ET ERNIE.

QUELQUES SEMAINES PLUS TARD, NOUS AVONS REÇU UNE LETTRE DE MON PÈRE.
CET ABRUTI ALLAIT BIEN. IL S'EXCUSAIT POUR TOUT...
COMME SI CELA ALLAIT CHANGER QUELQUE CHOSE.
LA FIN DE L'ANNÉE ARRIVAIT ET AVEC ELLE ENCORE DEUX MAUVAISES NOUVELLES.
LE PRINCIPAL AVAIT PERDU SON PARI SUR UN POINT, MON FRÈRE N'ÉTAIT PAS COUPABLE, MAIS AVAIT GAGNÉ L'AUTRE.
AVEC TOUS CES SOUCIS, JE N'AI PAS PU ÊTRE À L'HEURE TOUS LES JOURS ET J'AI DÛ LOUPER DES COURS.
LE PÉLICAN BRUN RESTERA DONC DANS LE BUREAU DU PROVISEUR.

QUANT AU FLAMANT ROSE... MME WINDERMERE M'A PROMIS DE LE RENDRE S'IL S'AGISSAIT DU DERNIER OISEAU D'AUDUBON MANQUANT DANS LE LIVRE DE LA BIBLIOTHÈQUE.
SUPER.
J'AI EU MON ANNÉE ET LIL AUSSI, MÊME SI C'ÉTAIT DE LA TRICHE, CAR EN VRAI, ELLE N'EST MÊME PAS VENUE AUX EXAMENS.
QUAND JE SUIS REVENU À LA MAISON AVEC MON PAPIER, MA MÈRE A PLEURÉ. MAIS DE JOIE CETTE FOIS.

MONSIEUR L'ENTRAÎNEUR SWIETECK M'A DONNÉ SEPT SUR DIX EN GYM. JE NE SUIS PAS SÛR QU'IL AIT BIEN VU MES BICEPS.
ON NE VOIT RIEN SUR CETTE VIEILLE TÉLÉ POURRIE.
CHRISTOPHER TRAVAILLE À L'USINE DE BOB BALLARD, MAIS EN SEPTEMBRE, IL RETOURNERA AU LYCÉE, C'EST DÉCIDÉ.
TAIS-TOI, DOUGLAS, ÇA VA COMMENCER.

JE SAIS QUE JE VOUS AI DIT QUE JE NE VOUS BASSINERAIS PLUS AVEC DES STATS.
REGARDE, ÇA Y EST !

MAIS CE N'EST PAS UNE STAT QUE DE DIRE QUE LILLY VA BEAUCOUP MIEUX.
C'EST UN PETIT PAS POUR L'HOMME.

MAIS UN GRAND PAS POUR L'HUMANITÉ.
CE N'EST PAS NON PLUS UNE STAT DE DIRE QUE C'EST MA MEILLEURE AMIE.
TU VEUX UN COCA ?
MÊME SI C'EST UNE PÉQUENAUDE.

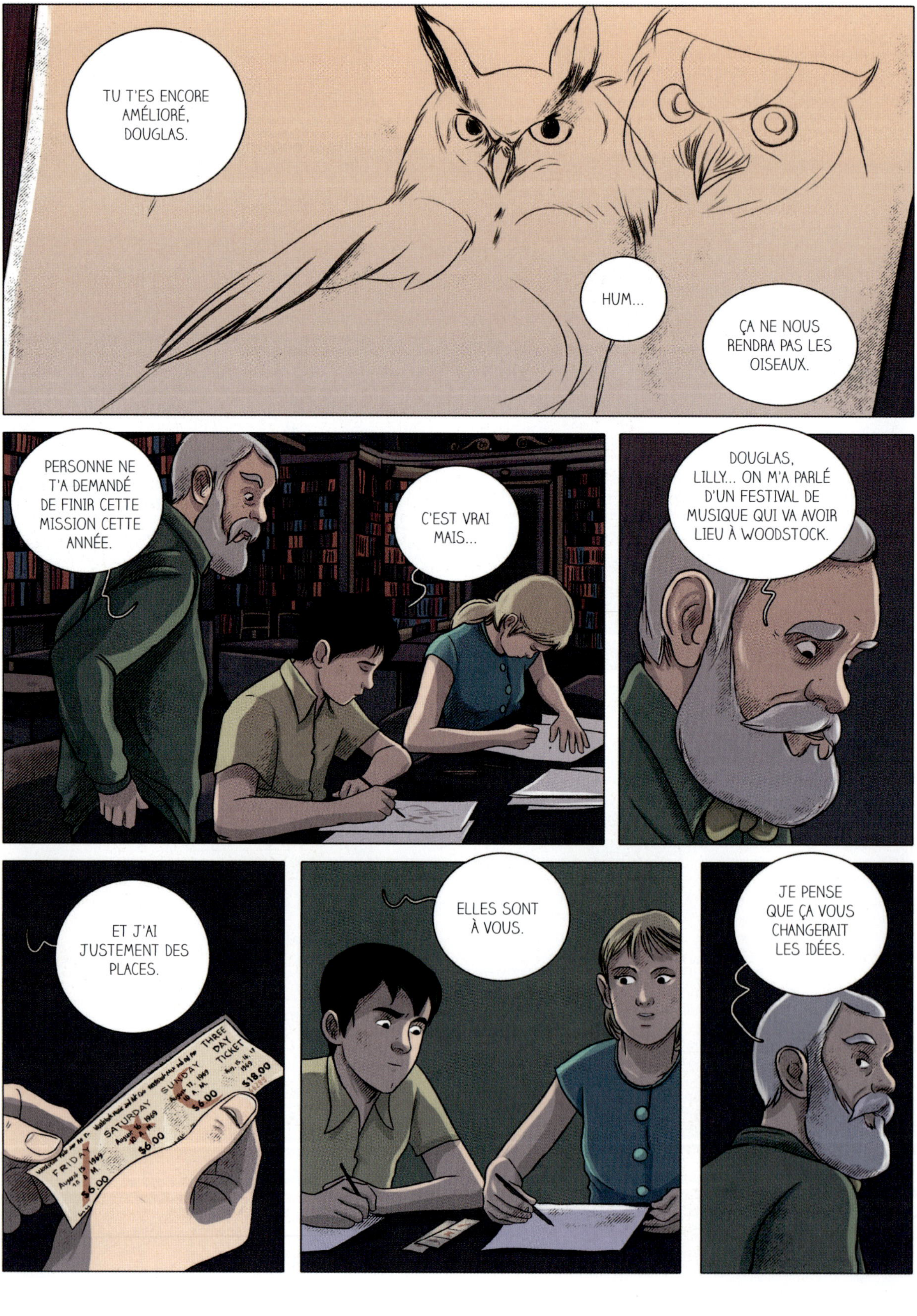
TU T'ES ENCORE AMÉLIORÉ, DOUGLAS.
HUM...
ÇA NE NOUS RENDRA PAS LES OISEAUX.
PERSONNE NE T'A DEMANDÉ DE FINIR CETTE MISSION CETTE ANNÉE.
C'EST VRAI MAIS...
DOUGLAS, LILLY... ON M'A PARLÉ D'UN FESTIVAL DE MUSIQUE QUI VA AVOIR LIEU À WOODSTOCK.
ET J'AI JUSTEMENT DES PLACES.
ELLES SONT À VOUS.
JE PENSE QUE ÇA VOUS CHANGERAIT LES IDÉES.

VOUS SAVEZ CE QUE
ÇA FAIT D'ÊTRE AU
CENTRE DU MONDE ?

DE SE DIRE QUE
PEUT-ÊTRE DEMAIN
TOUT IRA BIEN ?
peace

TOUT IRA BIEN.
ALORS, CE DRAPEAU ? JE PEUX REGARDER ?
PRESQUE !
VOUS SAVEZ L'EFFET QUE ÇA FAIT ?

TOUT IRA BIEN

Cet album est adapté du roman de Gary D. Schmidt
Jusqu'ici, tout va bien, publié à l'école des loisirs.

Meilleur livre jeunesse 2017 par le magazine *Lire*
Prix Libra'nous 2018 dans la catégorie Roman Jeunesse

Autres titres également disponibles :

La guerre des mercredis

Le majordome et moi

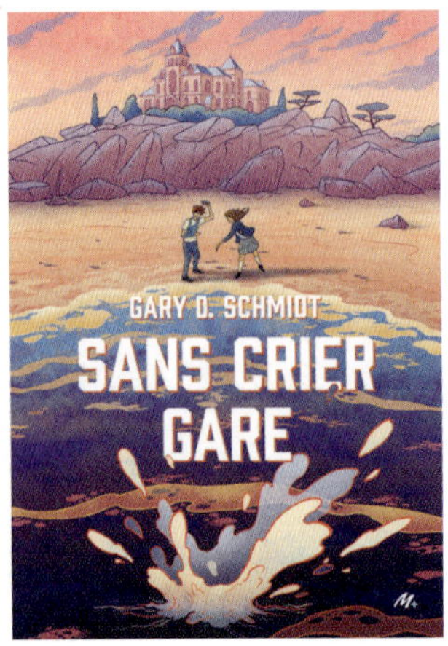

Sans crier gare

Retrouvez tous les albums de Nicolas Pitz aux éditions Rue de Sèvres.

D'après les romans publiés à l'école des loisirs et en collaboration avec Malika Ferdjoukh :

Sombres citrouilles

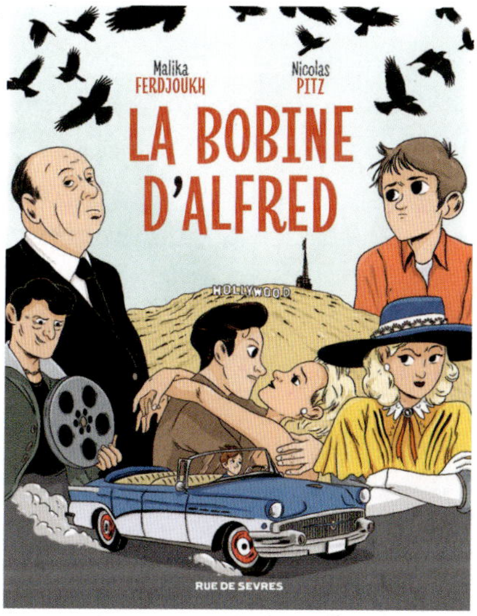

La bobine d'Alfred

D'après le roman publié à l'école des loisirs de Davide Morosinotto :

Les Vous

LOU GEHRIG
ED MATHEWS
CLEVELAND
Jerry Kindall
2nd BASE
CHICAGO CUBS
BOB
ED
MATHEWS
MIL. BRAVES
3B
PITTSBURG